CORÍN TELLADO

Un hombre
ante mi puerta

punto de lectura

Título: Un hombre ante mi puerta
© Corín Tellado, 2002
© Ediciones B, S.A.
© De esta edición: marzo 2002, Suma de Letras, S.L.
Barquillo, 21. 28004 Madrid (España) www.puntodelectura.com

ISBN: 84-663-0647-1
Depósito legal: M-2.829-2002
Impreso en España – Printed in Spain

Diseño de colección: Ignacio Ballesteros

Impreso por Mateu Cromo, S.A.

CORÍN TELLADO

Un hombre
ante mi puerta

Uno

El doctor Barker miró uno a uno a los tres jóvenes. Sus agudos ojos fueron de uno a otro, sin detenerse hasta llegar a Katia. Conocía un poco a la distinguida familia Greenshaw, y sabía que la única persona en aquella familia cargada de prejuicios que sabría comprenderle, era Katia Greenshaw.

Carraspeó y colocó el maletín de cuero bajo el brazo.

—Lo lamento —dijo—. No creo que el señor Greenshaw pueda levantarse en dos o tres meses. Es un ataque de reúma muy agudo, muy agudo.

Curd Greenshaw hizo un gesto de impaciencia. Peggy se arrinconó en una esquina de la salita, con desaliento. Katia, no. Ella le escuchaba serenamente.

El doctor Barker pensó: «Es una preciosa muchacha. Creo que nunca he visto nada tan perfecto».

La muchacha en cuestión adelantó unos pasos.

Vestía una simple falda ajustada a las caderas. Un suéter blanco, de cuello en pico, por el que asomaba un pañuelo de finos colores. Calzaba zapatos de altos tacones.

Pelirroja. Corto el cabello, un poco caído hacia la mejilla. Unos ojos verdes extraordinarios, una expresión en ellos indefinible. Abatía los párpados para escuchar, y daba la sensación de ser algo sumamente palpitante. El doctor Barker siempre pensaba que ella era la sensibilidad hecha mujer.

Alta, delgada, esbeltísima, se diría que de un momento a otro iba a quebrarse por la cintura, tal era su brevedad. Un busto túrgido de menudos senos, de una firmeza un poco desafiante. Unas manos expresivas, una boca... Era lo que más llamaba la atención de Katia Greenshaw. Los labios húmedos, un poco entreabiertos, como una gardenia lujuriosa. Pero, en contraste, Katia Greenshaw representaba la delicadeza hecha mujer.

En aquel instante, y pese a cuanto se dominaba, el doctor Barker notó su desaliento.

—¿Qué podemos hacer por papá, doctor Barker?

—Cuidarle. Mucho. No proporcionarle disgustos. Necesita una vida serena, apacible. Por favor, si le aman, no le compliquen la vida con problemas.

Curd fue a decir algo, pero la mirada de su hermana mayor le contuvo.

—Está bien, doctor —le dijo Katia—. Muchas gracias.

—Volveré por aquí dentro de tres días. Sobre la mesita de noche dejo las indicaciones para el tratamiento que han de ponerle. Es caro, pero les aseguro que eficaz.

—Gracias.

—Hasta dentro de tres días, pues.

Katia le acompañó hasta la puerta.

Al dar la vuelta se detuvo en el pequeño vestíbulo. Vio a la vieja ama con los ojos fijos en ella, como diciendo: «¿Y ahora, qué?».

Sonrió tibiamente. Ella siempre sonreía, aunque por dentro se hallara destrozada.

La vieja Ann se le acercó sigilosa.

—¿Qué hay?

Katia le puso una mano en el hombro.

—Retírate. Luego iré a buscarte. Tengo que hablar con mis hermanos.

Ann asintió con un breve movimiento de cabeza. Se perdió tras la puerta giratoria de la cocina, y Katia se dirigió a la antesala.

—¿Podéis venir un momento? —invitó a sus dos hermanos.

Curd y Peggy, aunque de mala gana, traspusieron el umbral y se dirigieron adonde ella se hallaba.

—Entrad aquí. No quisiera, por nada del mundo, que papá oyera cuanto voy a deciros.

Cuando ambos muchachos pasaron, ella misma cerró la puerta. Se volvió. No avanzó. Quedóse pegada a la puerta, mirando quietamente a sus dos hermanos. Curd, como antes, parecía impaciente.

Era un muchacho alto, de porte distinguido, rubio, de ojos muy claros. El prototipo de la familia Greenshaw. Peggy, si bien era muy esbelta, no destacaba por su estatura. Era más bien baja, pero de una distinción tan marcada como la de su hermano.

Katia los adoraba, como adoraba a su padre. Pero ella no era una soñadora. Pisaba tierra firme y la situación, harto delicada, no era como para ponerse a pensar que iba a arreglarse sólo por ser ellos quienes eran.

Nerviosamente encendió un cigarrillo y dio unos pasos por la estancia. Era un salón íntimo, amueblado con gusto exquisito. Se notaba en sus detalles la parca situación económica de sus moradores, pero eso, por el momento, no inquietó en absoluto a Katia.

—Fumaré un cigarrillo —dijo vagamente—. Creo que en este instante lo que necesitamos los tres es un poco de reflexión.

—¿Es para lo que nos has traído aquí? —preguntó Curd, impaciente—. Mañana tengo que levantarme temprano. La universidad no espera, Katia.

Lo miró con ternura.

—Lo sé, querido Curd. Pero, dime... ¿no piensas cambiar impresiones sobre nuestra situación actual?

Curd se agitó, inquieto. Tenía veinte años. No era un gran estudiante, pero a fuerza de sacrificarse había llegado a tercero de abogacía.

Peggy los miraba a los dos, con cierto temor, como si escuchar lamentaciones la abrumara. Katia ya lo sabía. No ignoraba, asimismo, lo cómoda que la vida era para sus hermanos. Por lo visto ellos creían que pronunciando el nombre Greenshaw ya todo estaba solucionado. Se diría que no se percataban aún de que la vida evolucionaba y de que los nombres ilustres, si no iban adornados con dólares, carecían de interés para los demás.

No. Eran demasiado jóvenes y estaban demasiado pegados a sus prejuicios para comprender estas pequeñas cosas.

Permaneció de pie, con el pitillo entre los labios. Guardaba silencio, fumaba a pequeños intervalos y expelía el humo con lentitud. Se preguntó, fijos los ojos en sus dos hermanos, si merecía la pena inquietarlos con todos los problemas que tenía encima. Hasta la fecha, ella llevó todo el peso de la casa. A la sazón, iba a serle difícil continuar en la labor sin colaboradores.

Lo tenía decidido. Lo decidió en aquel momento, en el mismo de ver a su padre postrado en cama, una semana antes. Se dio cuenta desde el primer instante de que la enfermedad que aquejaba a sir Jefrey Greenshaw no era una indisposición pasajera.

—Bueno —empezó—; la situación no se halla pintada de color de rosa. Papá no tiene un empleo fijo. Sus negocios no me parece que vayan bien.

—Papá no tiene negocios definidos, Katia —dijo Curd de mala gana—. Trabaja en compañía de amigos... Sus ingresos nos han permitido hasta ahora vivir como nos pertenece.

Katia emitió una risita.

—¿Y cómo nos pertenece vivir, Curd?

Éste se alteró.

—Como lo que somos. No debes olvidar que hace sólo veinte años éramos potentados.

—¿Te acuerdas tú de eso? —preguntó Katia, con ironía.

Curd exclamó, enojado:

—Tú te has educado en el mejor colegio suizo. Peggy regresó el año pasado del mejor internado de París. Yo... soy aún uno de los mejor considerados en la universidad. Has de saber que nadie conoce nuestra precaria situación económica, y que papá no nos perdonaría que el mundo de Nueva York se enterara de ello.

—De acuerdo. Eso es cierto. Papá no lo desea, y nosotros nadie somos para defraudarle. Pero hay algo importante que quizá ignores. Tenemos que seguir viviendo. Papá no podrá aportar al hogar dinero alguno. Ya no hará negocios lucrativos, ni podrá contar con sus amigos para ayuda de estos negocios. Papá está enfermo, postrado en cama para tres meses —su cálido acento se endureció por un segundo—. Y nosotros, pese a nuestros prejuicios, al respeto que sentimos hacia la estimación social, hemos de continuar viviendo.

—Papá se encargará, como siempre, de arreglar esto.

Katia lanzó una mirada conmiserativa hacia su hermano.

—Eres —dijo— un delicioso soñador, Curd; pero esta vez... hay que bajar los ojos hacia el suelo, ver el pavimento, pisarlo con firmeza, mirar bien donde se ponen los pies. ¿Sabes lo que esto significa?

—No.

—Pues te lo diré: hay que trabajar.

Curd se estremeció. Peggy lanzó un gemido. Katia, muy serena, dio un paso hacia la mesa de centro y depositó la punta del cigarro en el cenicero de plata.

—No se trata —añadió, con cierta aspereza desusada en ella— de que lo hagáis vosotros. Tú tienes que seguir estudiando, Curd. Papá no nos perdonaría nunca que dejaras tus clases en la universidad por aportar al hogar lo que él llama vulgar prosa de la vida. En cuanto a ti, Peggy, eres demasiado niña. No sabrías desenvolverte en un trabajo y, por otra parte, nunca podrías disimular tu procedencia aristocrática, y, lo que es peor, se lo dirías a papá en la primera ocasión.

—Eso no —susurró Peggy, angustiada—. Papá no nos perdonaría jamás que uno de nosotros cometiéramos la torpeza de trabajar.

—Mas —adujo Katia, enérgica— hay que hacerlo.

Curd, sofocado, dio un paso hacia delante y se enfrentó con su hermana mayor.

—Katia, escucha... Tú sabes que papá no nos perdonaría que el mundo supiera que los Greenshaw tienen que trabajar para vivir. Hemos conseguido, hasta ahora, vencer las dificultades. Pertenecemos a una sociedad privilegiada. Todos nos consideran como lo que somos. Papá nos odiaría si lanzáramos del pedestal el mito de nuestra opulencia.

—Mentida.

—Lo sé. Pero él supo lucirla como auténtica.

—Sí, sí, Curd. Sé todo eso. Pero también sé que si alguien en esta casa no gana dinero, el mundo, esa sociedad a la que pertenecemos, se dará cuenta más pronto de que nuestro promontorio social es una pompa de espuma, tan frágil que al menor soplo se desvanece.

—Papá no permitirá jamás que trabajemos.

—Pero es que yo pretendo que él no lo sepa jamás.

Curd y su hermana menor se estremecieron.

—Katia... no puedes hacerlo. Ya veo que eres tú la que pretende sacarnos de este apuro.

—Como hermana mayor, es mi deber.

Curd se retorció las manos, una contra otra.

—Cielos, si apenas tienes veintiún años.

—Los bastantes para darme cuenta de que esto hay que solucionarlo de alguna manera. Ann tiene apenas para pasar este mes. Tus clases hay que pagarlas. Los trajes de Peggy, el médico de papá, las medicinas... Ya sé que el mundo, si no cree en nuestra opulencia, hace que cree, que para el caso es igual. Pero la verdad es que nosotros no tenemos nada. Vender un cuadro de estos —y señaló las paredes— solucionaría por un tiempo nuestra situación. Pero vosotros sabéis como yo que sería como arrancarle las entrañas a papá.

13

—Sí.

—Por tanto, he decidido que desde mañana buscaré un empleo lo más discreto posible, y opuesto al mundo de nuestra sociedad. Daré el nombre de Ann, y si un día llegan a descubrirme... me moriré de dolor.

—Papá no merece eso.

—Curd, comprende. Tampoco merece morir de abandono.

El hermano bajó la cabeza. Peggy corrió hacia Katia y la abrazó por la cintura. Katia, pese a sus pocos años, se sentía como un poco madre de los dos. Por un momento sus lágrimas se confundieron.

—Nunca diréis nada, Curd. Papá no se enterará ¿verdad, Peggy?

—¡Oh, no, no!

—Me llamaré Ann Webb, como nuestra querida ama.

Dos

—Katia, ¿dónde estás?

—Aquí, papá.

El elegante caballero de sienes encanecidas y aspecto venerable contempló a su hija con mayor adoración.

—Os estoy resultando muy penoso, ¿verdad, querida?

Katia se arrodilló junto a su cama y puso su hermosa cabeza junto a la de su padre.

—No digas eso, papá.

—¿Has ido al banco?

Era la pregunta de todos los días. Ella fue una mañana. Cero en la cuenta corriente. Sir Greenshaw, por el contrario, la consideraba interminable. Mejor que pensara así. Vivía de ilusiones. Siempre fue igual. Se las arreglaba para ganar algún dinero desde la mesa del Casino. Katia pensó muchas veces si no serían sus mismos amigos quienes le hacían ver su agudeza para los negocios y, elegante y discretamente, le hacían donación de algo que él nunca había ganado, pero que no hería su gran orgullo de aristócrata.

—Sí, papá.

—¿Nos arreglamos bien?

—Claro, papá.

—Bueno, bueno, yo me siento mejor, ¿sabes? Cuando me levante, ya repondré la cuenta corriente. Soy hábil para los negocios... —sin transición, añadió—: ¿Y los chicos?.

—Curd no ha vuelto de la universidad. Peggy está con el profesor de francés.

—Bien, bien. Eso me agrada. Hay que cultivarse. ¿Y Ann? ¿Gruñe mucho?

—Está en la cocina.

—¿Y tú? ¿Qué haces tú?

—Voy a salir a hacer unas compras.

—Me parece muy bien, hijita. Anda, ve, no pierdas tiempo. Luego te cerrarán. Alcánzame la prensa: estas piernas...

Le entregó la prensa. Le dio un beso y se apresuró a salir. Encontró a Ann en el vestíbulo.

La fámula la miró fijamente.

—Desmejoras —gruñó—. ¿Por qué toda esa comedia? ¿Por qué diablos no vendes esta casa, que no hace más que gastar, y nos vamos a vivir a un piso?

—Ann, por favor, esta es la casa de los Greenshaw.

—Ta, ta.

—Aquí se casaron mis padres, aquí murió mamá, aquí nacimos todos. Aquí murió la abuela y el abuelo...

—A mí con esos cuentos —gruñó Ann— no. Ya sé todo eso. ¿No soy tan vieja como tu padre? ¿Crees que no me acuerdo del boato de los Greenshaw? —se alzó de hombros—. Hasta jefes de Estado comieron en ese comedor. Pero el tiempo no pasa en vano, y puesto que ahora... no hay dinero...

—Cállate, Ann —se agitó, mirando en todas direcciones, como si temiese ver a su padre rígido en el umbral.

Ann hizo un gesto de impotencia.

—Papá sigue pensando que tenemos dinero.

—Pues no está loco —se sofocó Ann—. Está bien cuerdo.

—No grites, Ann. Tengo que decirte algo. He hallado trabajo.

Ann se soltó y miró a la joven con desesperación.

—Tú, que nunca has hecho nada. Tú, que eres la exquisitez hecha mujer. Tú, precisamente. ¿Por qué tú? —se alteró—. ¿Por qué no Curd? Es el hombre de la familia.

—Por eso mismo. Porque lo es, tiene que terminar su carrera.

—Y tú... No puedo consentirlo.

—Escucha. Nadie lo sabrá. Me voy a llamar como tú: Ann Webb. Será un trabajo muy discreto. Cuidaré por las noches a una anciana. Desde las once hasta las ocho.

Ann abrió los ojos desmesuradamente.

—¿Y cómo vas a justificar tu ausencia toda la noche?

—Me ayudarás. A las diez y media me despediré de papá. Si ocurre algo por la noche, me llamarás a un teléfono que te daré. Y entretanto no llego, dirás que estoy bañándome, sea la hora que sea.

La anciana Ann la miraba como si fuera un fantasma.

—Oye, Katia, oye. Yo no veo claro todo esto. Una muchacha de noche, fuera de casa... ¿Es correcto? No. Además, tú, tan delicada, tan fina...

—Calla, calla. Hay que salvar la situación. El empleo es espléndido.

—Podía no serlo. ¡Por la noche!

Katia se impacientó. Tenía muchas cosas que hacer. Pensaba empezar aquella noche.

A Curd ya se lo había dicho, y a Peggy antes que a nadie. Los dos, como Ann, habían protestado; pero al fin ella los convenció. No se trataba de ahorrar unos dólares, es que no existían éstos para vivir. Y había que cubrir las apariencias ante su padre.

Arrugó con rabia los periódicos que tenía entre los dedos.

Empleos de poca monta. En los que parecían interesantes y bien remunerados, no la admitieron. Fue por eso que se decidió. Era humillante llegar a aquel extremo. Pero nadie la conocería.

¿Quién podía asociar a una camarera de local nocturno con Katia Greenshaw? Nadie sabría jamás dónde había trabajado. Cuando su padre se recuperara, desaparecería de allí sin dejar rastro. Su vida, su sociedad, se hallaban muy lejos de aquel barrio perdido en el extremo opuesto de Nueva York.

Antes de decidirse, visitó toda la calle de Wall Street. De punta a punta. Buscando un empleo digno de ella. Una semana después, se dio cuenta de que allí no estaba su destino. La miraban, la tentaban, y luego, con una sonrisa voluptuosa, la mandaban volver seis días después.

No. La situación crítica de su casa no tenía espera.

Una tarde de aquellas entró en una cafetería. Se sentó junto al ventanal. A su lado había dos muchachas jóvenes, bien parecidas. Hablaban de sus vidas, de sus ingresos, de sus tragedias y sus aventuras. Por lo que pudo deducir, eran camareras de un local nocturno. Ganaban mucho dinero.

Tenía escasa experiencia para comprender lo que ello significaba. Irreflexiva, tomó un taxi y se hizo conducir al otro extremo de la gran ciudad. Buscó un local nocturno, casi elegante. «Aquí nadie me conocerá.»

Pidió ver al dueño. Éste se presentó minutos después. Tenía aspecto de vividor. Pero eso a ella la tenía muy sin cuidado. Necesitaba dinero y creyó poderlo ganar sin extremar las cosas.

Explicó lo que deseaba. El dueño la miró de arriba abajo. «Diferente», pensó.

—Admitida.

—¿Cuándo puedo empezar?

—Mañana mismo. Desde las once hasta las siete de la mañana. Tu cometido será servir las mesas y ser amable con los clientes.

Ella no pudo comprender lo que la palabra ser amable con los clientes significaba.

Lloró en el taxi, de vuelta a casa. Lloró mucho, acurrucada en una esquina. El taxista le preguntó si le dolía algo. No contestó. Le pidió que la dejara allí mismo.

Caminó como una sonámbula.

Era horrible llegar a aquella conclusión. Pero no tenía más remedio. Los empleos que podían ofrecerle en el centro de la capital la exponían a ser reconocida como hija del muy distinguido sir Greenshaw, y además su sueldo no alcanzaría ni para pagar al profesor de Peggy.

Regresó a casa. Ya se sentía más segura de sí misma. Después de todo, ¿qué importaba ella, cuando tenía una familia y se sentía responsable de ella?

Se lo explicó a Curd y a Peggy. Le dijo lo mismo, una hora después, a Ann.

—Una enferma muy rica. Me pagará bien. Nadie se enterará. Serán tres meses que pasarán volando.

—¿Y si papá se entera?

—Nunca podrá enterarse —y con sordo acento, sin darse cuenta, ¿por qué había de dársela?, de que trazaba su destino en aquel instante, añadió—: Sería capaz de todo, hasta de morirme, antes de que papá se enterara.

—Por la noche...

—Calla, Curd. Lo esencial es que podamos salir de este aprieto.

—¿Por qué no he de ser yo quien trabaje?

—Porque tú eres como un timón de la familia. Como una estrella, que será la que se coloque en el mástil de nuestra vida.

—Eso no puede ser. Yo... tengo el deber.

—Y yo —susurró Peggy, sollozando—. ¿Por qué has de sacrificarte tú?

Los contempló con adoración. ¿Qué dirían si supieran lo que ella pensaba hacer al día siguiente?

Nunca lo sabrían. Nunca lo sabría nadie. Jamás. En ello iba la tranquilidad de todos. Estaba segura de que si su padre lo supiera un día, sería capaz de matarse para evitar la vergüenza, el bochorno, la humillación de ver a su hija, su distinguida primogénita, convertida en una vulgar camarera de un no menos vulgar «Night-Club».

Tres

Paul Harris sacudió la ceniza del habano y lanzó una indolente mirada en torno. Una cáustica sonrisa distendió el dibujo vicioso de sus labios. Lo de siempre. Mujeres, hombres, placeres, champaña, humo de cigarrillos caros y baratos, perfume de mil francos el frasco y de dos centavos el litro.

A paso corto se acercó al mostrador. Se recostó en él. Un camarero le preguntó por detrás.

—¿Qué va a tomar el señor?

Sin mirarlo, dijo:

—Whisky escocés —se volvió de repente y le apuntó con el dedo—. Y cuidado con engañarme.

—No, no señor. Es norma de la casa.

—Ta, ta —gruñó—. Como si yo no conociera vuestra norma.

El camarero le sirvió. Probó un trago. Auténtico.

—Has sido honrado, muchacho —rió—. Enhorabuena.

Dejó el vaso al borde de la barra y se complació en contemplar el conjunto.

Lo de siempre. Él fue allí como pudo ir a otro sitio cualquiera más elegante. Conocía bien cada garito de aquéllos. Le divertía.

De vez en cuando le agradaba echar una canita al aire. Sonrió desdeñoso. Seguro que en Watertown no se imaginaban en aquel «Night-Clubs» al muy opulento Paul Harris. ¿Seguro tan sólo? ¡Qué va! ¡Segurísimo!

Una sutil sonrisa de cínico indiferente volvió a distender sus labios. Eran gruesos, un poco caídos hacia abajo. Tenía los ojos de un castaño claro, algo separados. Una nariz aguileña, mentón cuadrado. Pelo muy negro. Tez curtida por el sol y los vientos de la pradera. Alto y fuerte, de músculos duros, elegantemente vestido, aquella expresión indolente en sus ojos. Daba la sensación de ser un burlón espectador cargado de experiencia. La tenía. Desde muy joven empezó a comprender lo que era la vida, los placeres que ésta reportaba y las amarguras que se podían ahuyentar con un poco de paciencia.

Una mujer se le acercó.

—Te aburres —dijo.

La miró un segundo, como si la desnudara. Ella no se ruborizó.

—¿Qué deseas? —preguntó con su habitual descaro.

La mujer deseaba un plan. Aquel coloso tenía aspecto de millonario.

—¿Me invitas a un whisky?

Claro que no. No le agradaba que las mujeres le buscaran a él. Siempre buscaba él a las mujeres. Las elegía bien. Fallaba pocas veces. Lo manido, lo manoseado, lo vulgar, no servía para él. Hasta en eso era... exquisito.

«Un piano para mí solo», era su lema.

—Será mejor que busques por ahí. Yo... —hizo un gesto significativo con la mano.

—Eres un presumido.

Paul Harris sonrió desdeñoso.

Fue entonces cuando vio a la pelirroja. Abatió los párpados, gesto en él característico cuando pretendía grabar bien algo que le interesaba. ¡Bonita joven! ¡Bonitísima! Pelo, ojos; ojos... ¿de qué color eran los ojos? Tenía que verlo. Los imaginaba preciosos.

La joven en cuestión servía una mesa en aquel instante. Los hombres que la ocupaban pretendían meterse con ella. Paul dio un paso al frente. Con las manos en los bolsillos, sin quitar el puro de la boca, avanzó por entre las mesas. La chica pelirroja parecía aturdida.

«Es nueva aquí, estoy seguro. Y casi podría asegurar asimismo que es la primera vez que se ve en este trance. Hum. ¡Interesante muchacha!»

Los hombres decían algo desagradable a Katia. Estaba roja, tenía los labios apretados. Paul se fijó en aquellos labios.

«Dignos de ser besados. Hum... Uno perdería el sentido besándola. Seguro.»

Se acercó. Los hombres le miraron. La camarera también.

—¿Qué hay, pequeña? —preguntó él, como si la viera todos los días—. ¿Qué te dicen éstos?

Ella abrió mucho los ojos, sorprendida. Eran verdes. De un verde como los prados de Watertown. Hermosos en verdad. Ingenuos. Muy grandes.

—Oye tú —empezó uno de los hombres.

Paul usó el método que nunca le fallaba. Metió la mano en el bolsillo superior de la americana y extrajo un puñado de billetes. Los depositó sobre la mesa. Sonrió a los hombres asombrados.

—Os convido —y seguidamente, con acento enérgico—. Me llevo a la chica.

—Que te aproveche —rió el mayor de los hombres.

Y, tranquilamente, se apoderó del dinero.

Katia estaba viendo cosas que no comprendía. No, no podría seguir allí. Por mucho que quisiera a su padre, a sus hermanos... no podría.

El desconocido la asió por el brazo.

—Te invito a ti —dijo tranquilamente.

Se sofocó. ¿Quién era aquel hombre? ¿Y por qué la invitaba?

—Estoy aquí para trabajar —dijo—. No para tomar con los clientes. Lo he impuesto como condición.

Paul rió. Era su risa provocadora, burlona.

Katia lo miró con desaliento.

—Vamos —dijo él, sin dejar de sonreír—, le diré al dueño que te permita venir conmigo a un reservado.

Sintió como si un temblor convulso la traspasara.

No se dio cuenta de la clase de lugar que era, hasta aquel instante, pero... sólo de propinas, sin dar nada a cambio, tenía en el bolsillo doce dólares. Y aún eran las doce de la noche.

Doce dólares, unidos a su sueldo espléndido... servían para evitar el desastre en su casa. Hizo un esfuerzo.

Paul, que seguía todos los movimientos de su rostro, se dijo, perplejo, que aquella muchacha desentonaba allí. ¿Una refinada mujercita de la vida? No. Una mujer de la vida alegre no pierde el tiempo haciendo de camarera.

—No voy a un reservado —dijo ella ardientemente—. Permítame continuar con mi tarea.

El dueño se les acercó en aquel instante. Obsequioso, adulador.

—¿Tiene alguna queja, señor?

Paul lo miró un segundo, de aquel modo desconcertante.

—Quería invitarla, y ella se niega.

—En modo alguno, Ann. Vete con él.

Había una intensa rebeldía en los verdes ojos. Paul se
echó a reír. Una vez más se preguntó, divertido, qué dirían sus convecinos si lo vieran en aquel instante.

El era un tipo poderoso. Los vecinos de la pequeña
ciudad de Watertown (cuarenta mil habitantes escasos),
lo consideraban poco menos que un dios. Le ponían de
ejemplo. El austero señor Harris. Mejor. Era muy divertido pasar por hombre respetable, siendo, como la ma-
yoría, un tipo que sabía vivir. ¿Con careta? ¿Y quién no
tiene careta? ¿Dos personalidades? Bueno. ¿Y por qué
no? Era más cómodo. ¿Por qué tenían que saber aquel
puñado de gentes estúpidas lo que él hacía por las noches en Nueva York? Claro que no ocurría siempre. Sólo de vez en cuando. Él era un hombre, al fin y al cabo,
sin prejuicios, aunque exteriormente diera a comprender
que los tenía. Con sus pasiones, sus deseos, sus mez-
quindades, pegado a su soltería, orgulloso de ella, dispuesto a no perderla jamás.

—Siéntate.

—No... no me quedaré aquí con usted.

Paul le mostró una cómoda butaca.

Sólo tenía treinta años. Muy joven conoció a una
mujer. Nadie lo supo. Él sí, y la mujer también. Le llevaba algunos años. Fue una gran experiencia. Desde entonces aprendió a ocultar sus miserias morales. Tenía
muchas. Mientras vivió su padre las ocultaba por deber.

Después... por hábito; más tarde, porque no deseaba defraudar a quienes tenían un tan alto concepto de Paul Harris.

Miró a la joven. Esbelta, preciosa, diferente...

Katia sintió como si la desnudara y contemplara sin ninguna emoción su cuerpo desnudo. Sintió vergüenza. Dio un paso atrás, pero Paul dijo tranquilamente:

—O yo, u otro. Será mejor que te quedes.

—Yo he venido aquí a servir las mesas.

—Es lo extraño —rió Paul cachazudo—, con esa pinta de princesa de incógnito... sirviendo mesas a indeseables.

—¿Y qué es usted, sino uno más?

—Por supuesto —admitió, balanceándose sobre las largas piernas—. Con la diferencia de que yo tengo más dinero. ¿Cuánto quieres por una noche?

Katia se mordió los labios. ¿Por qué no imaginó qué iba a ocurrir? Porque le faltaba experiencia, porque para los efectos era una criatura.

Él no quiso admitirlo así.

—¿Cuánto?

—Debo marchar... Yo he venido aquí...

—Ya lo has dicho. Eres muy guapa — dio un paso al frente—. ¿No te lo dijeron nunca? Muy guapa.

Besaba las sílabas al hablar. La joven dio otro paso atrás y quedó pegada a la madera pintada de oscuro que formaba el tabique.

Jadeaba. Bonitísima en verdad. Sobre todo distinta a la generalidad femenina nocturna.

—Vamos —dijo él tranquilizador—. No me explico cómo una mujer como tú ha venido a trabajar aquí. Pero puesto que has venido, ¿quién soy yo para preguntarte las causas? Me gustas mucho. Hace mucho tiempo, bastante, que no me encuentro con una muchacha como tú.

—No me toque.

No le hizo caso. Metió los dedos en el pelo femenino y los fijó en su nunca.

Katia lanzó un ahogado grito.

—¿Qué diablos te pasa? —preguntó él, enojado—. ¿Qué te has creído?

Ella se desprendió y salió corriendo.

Paul fue a seguirla, pero se quedó plantado en la puerta, contemplando absorto su marcha.

Katia (Ann Webb para el dueño) se encontró con éste.

—¿Qué te pasa? —preguntó, asombrado—. ¿Por qué corres así?

Katia se detuvo jadeante. Humo, perfumes, voces, música... Todo le pareció de pronto muy horrible. Pero se detuvo, plantada, casi rígida.

—Te reclaman en aquella mesa. Sirve lo que pidan.

—Yo no he venido aquí para cerrarme en un reservado. —El dueño puso expresión melosa.

—Claro que no, muchacha, claro que no.

Katia aspiró hasta el fondo de los tobillos.

—Es que ese hombre...

—Olvídate de él. Sirve. Dales un sopapo si se propasan.

—Gracias.

Y más tranquila se dirigió torpemente, mirando aterrada a un lado y a otro, como si temiera que alguien pudiera interceptarle el paso, hacia el lugar donde dejó momentos antes su bandeja.

El dueño del local se acercó a Paul.

—Calma, señor —dijo meloso—. No es como las demás. No hay que precipitarse. Los bocados buenos indigestan si se toman a borbotones. Hay más días.

—Eres un viejo zorro —rió Paul, burlón.

Contó el dinero al llegar a su cuarto. Temblaba. Pudo huir de todas las insinuaciones, aunque fueron muchas. No volvería. Se ganaba muy bien el dinero, pero no volvería.

—¿Estás ahí, Katia?

Era Ann.

—Pasa.

La fámula pasó. Había en su semblante una gran preocupación.

—¿Ocurre algo? ¿Está peor papá?

—No. Pero tengo algo que comunicarte. Han traído la cuenta de la farmacia: toma. Yo no tengo ni un centavo. Pedírselo a tu padre...

—¡Eso no! Él no tiene, y nos enviaría al banco... Y allí no queda ni un dólar. ¿Cuánto es la factura?

—Doscientos dólares. Llevamos gastado de allí todas las medicinas de tu padre, desde hace dos meses. Son muy caros los medicamentos.

Katia pasó los dedos por la frente. Tenía en su poder veinticinco dólares. Era casi una fortuna para ser ganada en una noche. Pero...

—Pasaré... yo... por la farmacia.

—Como quieras. Te diré que llevas demasiada carga sobre ti. No hay derecho. Si se lo dijeras a tu padre...

Se estremeció. ¿Decirle a su padre que no tenía dinero, cuando él creía que caía del maná? ¿Es que Ann no lo conocía todavía?

Suspiró.

—A papá no se le puede decir nada.

—¿Y qué vas a hacer?

—No lo sé.

Pero sí lo sabía. Volver al «Night-Club» aquella noche y todas las noches de su vida, mientras no se hallara una solución al problema de su casa. Pasaría por la farmacia. El dueño de ésta no podía saber jamás que la situación económica era precaria. Su padre, tan exigente en cuanto al parecer social, se moriría de vergüenza, y ella tenía el deber de ocultar aquella tragedia.

Vendería la única sortija que le quedaba. Era el recuerdo más grato de su infancia. Su padre se la regaló cuando ella terminó el bachillerato. Pero siempre la vio en su casa.

Su padre se la mostraba cada año que aprobaba.

«Un día, cuando termines el bachillerato, te la regalaré.»

Sin acostarse, salió de nuevo a la calle. Le dieron por ella justamente los doscientos dólares que debían en la farmacia. Era una miseria, comparado con lo que valía el brillante, de una nitidez sin igual.

Pagó la cuenta y con los ojos húmedos regresó a casa.

Le dio a Ann los veinticinco dólares ganados aquella noche. Después, con el semblante resplandeciente, como si fuera una joven auténticamente feliz, pasó por la alcoba de su padre.

—Katia, hijita, ¿dónde te has metido toda la mañana?

—Fui de compras, papá. Cuando vine aquí —mintió— dormías...

—Siéntate a mi lado, hijita. Cuando yo me levante y pueda de nuevo enfrascarme en mis negocios...

Lo de siempre. Katia sonrió, besándole.

—Ahora sólo tienes que pensar en ponerte bien. Lo demás ya llegará.

—¿Cómo va nuestra cuenta corriente?

—Nutrida aún.

—Claro, claro, me lo imaginaba. He ganado mucho dinero esta temporada pasada.

Salió de allí media hora después. Fue directamente a su cuarto. Se derrumbó en el lecho. Secó con rabia las lágrimas que afluían a sus ojos.

—Tengo que ser valiente. Papá se moriría de dolor si supiera... Pero nunca, nunca lo sabrá. Dame valor, Dios mío, para seguir. Dame mucho valor.

Y sin saber por qué, pensó en el hombre de los ojos color castaño claro.

Durante dos semanas, fue por la noche al «Night-Club». Todos los días se decía «No volveré». Pero volvía. De aquel dinero que ganaba, aún decentemente, dependía la vida de todos. El parapeto de su casa y su nombre. La dignidad de su padre. Los estudios de Curd. El profesor de Peggy.

La mentira de la vida de los Greenshaw. Aquella mentira que su padre evitaba, aún conociéndola, que se negaba a admitir, que soñaba con imposibles, y hacía creer a sus hijos, o al menos lo pretendía, que sus sueños eran realidades.

Con gran valentía iba habituándose a salir indemne de tanta insinuación vergonzosa. Se decía todas las mañanas, al salir de aquel garito indecente donde se comerciaba con carne humana, que buscaría otro empleo. Pero ninguno podía producir mayor cantidad para cuanto se necesitaba en la mentira de su casa.

Aquella noche lo vio nada más llegar. Él también. Se acercó con aquel paso indolente. No era un viejo. No sobrepasaría los treinta años, pero tenía en sus ojos no sé qué. Como una vileza oculta. Como una ruindad disimulada.

—Vaya... vuelvo a verte —dijo, riendo.

La asió por el brazo.

—Suélteme.

—¿Por qué ¿Es que quieres hacerme creer que eres una chica decente?

Todo el orgullo de los Greenshaw la agitó.

—Sea o no sea decente, a usted no le importa.

—Vaya, tienes temperamento. ¿Cuánto quieres por esta noche?

Levantó la mano. Pero Paul debió leer la mala intención en sus ojos, porque asió aquella mano por el aire y tiró de ella hacia el reservado.

—Suél... suélteme...

No lo hizo. La dobló contra sí.

Fue como si a Katia la encendiera una hoguera. Dio un salto, quedó jadeante a su lado y levantó la mano. Esta vez, Paul no pudo evitar que los dedos femeninos cayeran como hierros candentes en su mejilla.

Le invadió una ira indescriptible. Él no era un tipo considerado, pese a la fama que tenía de todo lo contrario.

Por eso levantó su mano y la dejó caer por dos veces sobre la mejilla femenina. Katia se tambaleó. Él se echó a reír, y seguidamente la sujetó por el hombro con mano firme, la sentó de golpe en una butaca y se inclinó hacia ella.

—Así hago yo con las niñas impetuosas. Si eres decente, como quieres hacerme creer, no haber venido aquí. ¿Qué te has creído que era esto? ¿Una sala de caridad?

—Canalla.

—Seguro. ¿De qué me sirve ser piadoso? —y haciendo transición, dando a su voz una suavidad de caricia, añadió susurrante—. Pero me gustas. Me gustas mucho. Más que nada, porque me pareces distinta a la generalidad femenina envilecida.

Y sin esperar respuesta, la tomó en sus brazos.

Katia alzó las manos y sus uñas quedaron clavadas en las mejillas bronceadas del atrevido. Él lanzó una sorda exclamación. Llevó las manos al rostro y ella, al verse libre, huyó.

—Juro —gritó Paul Harris— que pagarás esto. Lo juro por quien soy, y tú aún no me conoces. Algún día... por mil demonios que sí. Algún día volveremos a vernos.

Ella se estremeció. Despavorida corrió pasillo abajo, salió a la calle y jadeante miró a lo alto.

—No volveré. Aunque me muera de hambre, no volveré.

No vio la sombra que corría tras ella.

Llamó un taxi. Subió a él y dio la dirección de su casa.

En la oscura noche neoyorquina hubo una persecución, pero ni el taxista ni Katia Greenshaw se dieron cuenta de ello.

Cuando el taxi se detuvo ante la gran mansión señorial, Paul Harris aplastó las manos en el volante y quedó como el que ve visiones.

—De modo que... Está bien, tengo que aclarar esto.

A la mañana siguiente, el potentado se presentó en casa de su abogado.

Dijo que tenía asuntos con el dueño de una casa situada al final de la Quinta Avenida, pero que desconocía su dirección exacta. Deseaba conocer todos los pormenores de aquella familia, hasta sus más mínimos detalles. Añadió que incluso le interesaría una fotografía de cada uno de sus miembros.

Pidió discreción y añadió que volvería a conocer los informes una semana después.

—Se los enviaremos, señor Harris.

—Prefiero venir a recogerlos en persona. De su discreción dependen muchas cosas y sobre todo —añadió mansamente, con una mansedumbre que no engañó al abogado—, su reputación como profesional.

—Pierda cuidado.

Una semana después, Paul Harris tenía en su poder una fotografía con todos los miembros de aquella familia y los informes que deseaba.

—¿Cómo se llama esta joven?

—Katia Greenshaw. Es la mayor de las hijas. Es muy distinguida, señor.

—¿Y esta anciana?

—Es la vieja sirvienta de siempre. Se llama Ann Webb.

—Me la guardo. Dígame, ¿de qué viven?

—De pequeños resquicios. El padre es abogado. Ahora está postrado en cama.

—Muchas gracias.

Media hora después, se hallaba ante su socio en Nueva York.

—¿Qué deseas? —preguntó míster West—. Tú no eres de los que pierden el tiempo visitando a sus socios sin motivo justificado. En casi todas las ocasiones envías a tus representantes.

—Quiero una vacante de director en un Banco de Nueva York.

—Hum.

—A ser posible esta misma semana. Y quiero asimismo que se la ofrezcas a sir Jefrey Greenshaw.

—¿La aceptará?

—Tú te encargarás de que lo haga. No olvides que hay que tratarle como lo que es. Un caballero intachable. A ser posible, ruégale, suplícale que nos haga el favor de aceptar ese honroso puesto, como si fuera una concesión por su parte.

—¿Y si no sirve?

—¿Para qué estás tú aquí? ¡Ah! Y que nunca sepa que yo intervine.

Y sin más, se despidió de su socio.

Cuatro

Los tres se hallaban en torno al lecho de su padre. Sir Greenshaw los contemplaba con expresión brillante. Había en el fondo de sus ojos algo que sus hijos no vieron jamás. Recostado entre almohadones, se diría que en un día había recuperado todo lo que había perdido en tres meses. Su voz resultaba fluida, enfática, como del hombre que se siente orgulloso de sí mismo.

—He aceptado —dijo gravemente—. Os he llamado para comunicároslo. Ellos confían en mí. No puedo defraudarles. Se trata de personas amigas, compañeros de tertulia algunos. Además voy a deciros la verdad. Un hombre sin hacer nada termina por aburrirse.

Curd dio un paso al frente. Contempló al caballero con expresión radiante.

—Me parece muy bien, papá —dijo, asiendo los dedos del aristócrata y oprimiéndolos cálidamente entre los suyos—. En adelante te aburrirás mucho menos. Además, el puesto que te ofrecen es, ni más ni menos, lo que tú necesitas.

—Pero no estás bien de salud, papá —intervino Katia con su vocecilla de niña buena.

—Estoy esperando al médico, querida Katia. Me siento mucho mejor. Supongo que ninguno de vosotros tendréis inconveniente en trasladaros a Watertown. Es una ciudad próxima a Nueva York. Tiene unos cuarenta mil habitantes. Posee varias industrias importantes y es tierra agrícola, muy rica por cierto. Ser director de Banco de esa ciudad, supone algo. No os he consultado antes de aceptar, porque supongo que todos estaréis de acuerdo.

—Por mi parte no hay inconveniente, papá —adujo Curd decidido.

El caballero miró a su hija mayor.

—¿Y tú, Katia?

La bella joven abatió un poco los párpados. Era una solución aquel empleo, muy digno de la caballerosidad de su padre. Además... si había que dejar Nueva York por una temporada, mejor.

—Estoy muy contenta, papá.

—Bien. A Peggy no le pregunto —sonrió enternecido— porque sé muy bien que siempre está de acuerdo con lo que vosotros decidís.

La jovencita asintió con un meneo afirmativo de cabeza.

—Nos trasladaremos allí cuanto antes —siguió diciendo el distinguido caballero con su habitual gravedad—. Habitaremos un hermoso chalet situado no muy lejos del Banco. La residencia habitual del director. Tal vez nos encontremos un poco desplazados, ya que estamos habituados a la austeridad de nuestra morada, pero pronto nos acostumbraremos. Muchachos, os pido que empaquetéis todo lo que debe ir con nosotros. Podéis comunicarle a Ann la nueva.

—Tú no puedes viajar así, papá —adujo Katia.

—Claro que puedo, querida mía. Mira, ahí llega el doctor Barker. Hazle pasar. Vosotros podéis retiraros.

Minutos después, el doctor se hallaba a la cabecera del enfermo. Éste le comunicó lo que pensaba hacer y le preguntó al mismo tiempo si tardaría mucho tiempo en poder caminar por sus propios medios.

—El cambio quizá le favorezca —dijo el doctor—. Por otra parte, esto va mejor de lo que yo pensé en un principio. Es casi seguro que dentro de una semana podrá usted levantarse.

—Me necesitan en Watertown, doctor —dijo satisfecho—. Pienso trasladarme allá dentro de tres días. ¿Hay algún inconveniente?

—No. En absoluto. Viaje usted en su coche y, una vez instalado en Watertown, hágame el favor de ser prudente. Siga el tratamiento que le di y es casi seguro de dentro de una semana camine usted apoyado en su bastón.

—Gracias.

En el living, Peggy y Curd discutían. Katia, hundida en un sillón, con el cigarrillo entre los labios, permanecía inmóvil, absorta.

No volvió al «Night-Club», ni pensaba volver, naturalmente. Nadie podía reclamarla. Nadie conocía su verdadera personalidad. Había sido un pasaje absurdo de su vida. Evidentemente, no comprendía aún cómo pudo ella buscar un recurso semejante a una situación crítica. Dios era bueno. Su padre de director de un Banco... Y lo que no esperó jamás fue que su padre aceptara la proposición.

Entró Ann en aquel instante.

—¿Es cierto que nos vamos de aquí?

Los jóvenes se volvieron hacia ella. La abrazaron y la levantaron en vilo.

—Claro que sí. Pasado mañana. Ve pensando en empaquetar todo lo que creas que vamos a necesitar allí. Papá va de director de un Banco importante. Nos vamos a Watertown.

La fámula miró a Katia, que seguía en su sitio, como interrogándola. No creía a los dos jovencitos. Katia pensaba, sentía y reaccionaba de otra manera. Era como un ama de casa cargada de problemas.

—¿Es cierto, Katia?

Asintió con un breve movimiento de cabeza.

—Creo —dijo— que es la oportunidad que papá estuvo esperando siempre. No mengua su personalidad. Al contrario, le da prestigio. Es, ni más ni menos, lo que él necesitaba, no sólo para... —aquí hizo una pausa, apretó los labios— levantar el pabellón de los Greenshaw, sino para dar a su vida un aliciente. Estoy segura de que ello servirá para levantarle el ánimo.

—Gracias a Dios —exclamó entusiasmada— ¿Hay que llevar muebles?

Peggy saltó alegremente:

—Claro que no. Nada de muebles pesados, antiquísimos. Ni cuadros de firma cara, colgados de las paredes, enmarcados en filigrana antigua. Todo será moderno. Nos dan una vivienda moderna, amueblada. ¿No es eso, hermanos?

Momentos después, Ann abordaba a Katia, cuando la vio sola.

—¿Qué te pasa a ti? No volverás a ese lugar nocturno, ¿no?

—No.

—¿No estás contenta?

Katia hizo un gesto ambiguo. Lo estaba. Pero pensaba, como una pesadilla constante, en aquel hombre de los ojos color castaño que la besó... ¿Qué diría su padre si algún día llegaba a enterarse?

No. Su padre nunca podría saber lo que ella hizo durante aquellas tres semanas. Antes de que su padre lo supiera, prefería morir.

—Nada —dijo—. Estoy... estoy muy contenta.

El chalecito era una preciosidad. A ellos, habituados a la morada grande, a los salones inmensos, a los pasillos interminables, aquel chalecito les pareció de juguete. Los tres iban de un lado a otro, contemplándolo todo como embobados.

—Qué alcobas —gritaba Peggy— ¡Qué monerías! Ann, Ann, si casi no vas a tener que limpiar.

Sir Greenshaw los contemplaba satisfecho. Había que ir con el tiempo. Encastillarse en su orgullo era una vanidad que no iba con él. Puede que sus hijos lo consideraran un poco loco por haber creído en una cuenta que nunca existió. No lo estaba. Era una forma como otra cualquiera de no admitir la derrota. Ahora podía ser de nuevo el hombre que siempre fue, que siempre quiso ser. Tenía espíritu directivo. No servía para ser gobernado, en cambio él conocía el modo eficaz de gobernar y ser obedecido.

Apoyado en dos bastones, pero sintiéndose mucho mejor, recorrió la casa. No era muy grande. Vestíbulo, piso, desván. Tenía su despacho en la planta baja. La cocina, el comedor y grandes terrazas. Un salón y en el primer piso los dormitorios. Seis en total. El desván se hallaba acondicionado como estudio. Sería un gran refugio para sus hijos.

El mismo día de su llegada lo visitaron los consejeros de la banca. Los recibió con afabilidad, dentro de la más rígida cortesía, con su don de gentes habitual, su distinción y su personalidad, que no era poca. Los dejó a todos impresionados. Dijo que necesitaba una semana antes de pasar por el Banco, pero que tendría mucho gusto en recibir a los altos empleados, con el fin de ponerse al corriente desde su mismo domicilio. Los consejeros aceptaron y, al dispersarse una vez en la calle, todos iban haciendo sus comentarios, favorables sin duda, al nuevo director.

Arthur Lorys visitó a Paul aquel mismo anochecer en su principesca residencia.

Paul lo recibió, como siempre, indolentemente tendido en un diván. Al verlo, hizo intención de ponerse en pie.

—No te muevas. Me siento a tu lado.

Arthur Lorys era un hombre de unos treinta y dos años. Bien parecido. Influyente en la ciudad, consejero y accionista del Banco.

—¿Qué tal ha ido todo? ¿Os apabulló el aristócrata?

—No. Creí que se trataba de un poseído. En modo alguno. Es un caballero no muy joven, tiene las sienes encanecidas y habla con mucha calma. Te diré que dará buen resultado. Hasta ahora este Banco fue siempre gobernado por brutos enriquecidos de repente. Este nuevo director dará prestigio a la firma bancaria.

Paul emitió una sonrisa.

—¿Por qué no has ido tú también a visitarle, si eres accionista y consejero como yo?

—Sabes muy bien que nunca me molesto en tales menesteres sociales. Además, este caballero no ha venido a Watertown a prueba. Ha venido efectivo. ¿De qué serviría que yo fuera a verle y diera mi parecer en contra? Sois demasiados contra mí —rió—. Prefiero vivir al margen.

—Pero eres el más poderoso de todos y un voto tuyo hubiera servido por los seis nuestros.

—No pienso votar ni en favor ni en contra. El consejo de Nueva York decidió nombrar director del Banco de Watertown... a un aristócrata —sonrió nuevamente—. Allá ellos.

—No parece que estés muy satisfecho.

Paul Harris ocultó el brillo de sus malignos ojos, bajo el peso de los párpados. Un buen observador se hubiera percatado de su hipocresía. —Arthur Lorys no era buen observador.

—Ni me va, ni me viene, Ar —dijo, alzándose de hombros con indiferencia—. Mi fuerte no es la banca. Soy accionista porque considero que es una buena inversión y por razones obligadas de ciudadanía, pero nada más.

—¿Sabes que tiene dos hermosas hijas?

Fumó aprisa. Lo miró indolente desde el fondo del diván.

—Ya sabes —dijo, con cáustica sonrisa— que yo no me muero precisamente por las mujeres.

Arthur se inclinó un poco hacia adelante. Puede que Paul ignorara que él sabía demasiadas cosas de su vida íntima. Siempre pasó tremendos deseos de hacerle saber lo que él sabía...

—Ya sé que eres un hombre desapasionado —dijo, con cierto tono capcioso.

Paul parpadeó. Se sentó y cruzó una pierna sobre otra. Tenía el cigarrillo entre los dedos y de pronto empezó a manosearlo nerviosamente.

—No soy un desapasionado —replicó, rotundo—. Soy decente.

Sobre aquella decencia, Arthur tenía sus dudas.

—Ya te dejo —dijo sin responder—. He de pasar por los almacenes. El guardián se entretiene con frecuencia en jugar la partida en el bar próximo a su trabajo...

—¿No tomas una copa?

Arthur señaló el reloj.

—Es mi hora.

—Metódico como un cronómetro.

—Mi padre, antes de morir, me dijo que las manecillas del reloj no sólo marcaban la hora, sino la prosperidad de un hombre. Tú tienes demasiado dinero. Te sobra, aunque empieces a tirarlo hoy por la ventana y estés tirando hasta dentro de cien años. Yo estoy haciendo mi capital. No puedo descuidarme.

—Buenas noches, hormiguita.

Arthur sonrió tan sólo. Eran socios en algunas empresas. Se visitaban con frecuencia, pero pocas veces se les veía juntos, dado el austero modo de vivir de Paul, que frecuentaba poco la sociedad.

Volvió a su postura indolente. Encendió otro cigarrillo. Entornó los párpados. Y pensó... Sí, pensó en la muchacha del «Night-Club». ¿Qué diría el muy estirado sir Greenshaw si conociera aquel pasaje censurable de la vida de su hija?

Lanzó una carcajada. Una sonora y alegre carcajada.

Cinco

Molly Grey y Jennifer Berger visitaron aquel atardecer a las hijas de sir Greenshaw. Eran hijas de personas importantes en la ciudad. Sus padres, vinculados a la banca, consideraron correcto y obligado que sus hijas se personaran en el hogar del nuevo director, ofreciéndose a las hijas de aquél.

Peggy, que se hallaba en el jardín, enfundada en pantalones negros muy estrechos, con un sombrero de paja en la cabeza y las grandes tijeras en las manos, dispuesta a cortar flores para los búcaros de la casa, les salió al encuentro.

—Yo soy Molly Grey —dijo ésta—. Y aquí mi amiga Jennifer Berger. Como sabemos que habéis llegado ayer...

—Encantada —saltó Peggy—. Yo me llamo Peggy. Tengo una hermana, pero no sé dónde anda —soltó las tijeras—. Vamos a la terraza. ¿Queréis tomar algo? ¿O preferís oír discos? ¿O esperáis que me vista y vamos a conocer la ciudad?

—Lo que tú digas.

Pronto se hicieron amigas. Jenni era de su edad. Apenas si rozaba los diecisiete años. Molly, en cambio, se acercaba más a la edad de Katia. Tenía por lo menos veinte años.

Peggy las asió de la mano, las llevó junto a su padre, se las presentó y luego empezó a llamar a Ann a gritos.

—Es nuestra ama, ¿sabes? Nos ha criado ella. Perdimos a mamá cuando yo vine al mundo. Ann se ocupó de nosotros. Es como de la familia.

Ann apareció en aquel momento con su vestido negro, su cuello blanco, su aspecto de ama de llaves de casa muy distinguida.

—Ann, éstas son mis nuevas amigas. Mira, ésta es Jenni, y ésta Molly.

Ann las besó a las dos y les dijo que se sentía muy satisfecha de conocerlas, y sobre todo de que Peggy tuviera amiguitas como ellas.

—¿Y Katia? ¿Dónde se ha metido ésa?

—Estoy aquí —dijo la aludida, saliendo por una puerta lateral.

Peggy, con su impetuosidad habitual, se acercó a ella, llevando de la mano a las dos jóvenes.

—Ésta es Jenni. Y ésta, Molly.

—Encantada.

Molly era una muchacha morena, de grandes ojos negros. Katia se dio cuenta en seguida de que sería una fiel amiga. La expresión de sus ojos era leal. También Jenni miraba de frente. Pero era más joven. Con Peggy iría muy bien.

—Papá —dijo Molly un poco cohibida ante la belleza y la majestad de Katia— nos pidió que viniéramos a visitaros. Ayer, él visitó a vuestro padre.

—¿Es consejero del Banco? —preguntó Peggy.

Molly afirmó.

—Claro. Estuvo ayer aquí. Papá ya empezó a trabajar esta mañana. Han venido los altos empleados y estuvieron cerrados con él en el despacho, toda la mañana. Papá está muy contento. Ahora dijo que estaba deseando salir, para conocer bien la ciudad.

—¿No... tenéis un hermano? —preguntó Jenni, tímidamente.

—¡Oh, sí, claro! —saltó Peggy riendo—. Pero estudia en la Universidad de Nueva York. No vendrá en toda la semana. Sólo los domingos.

—Los sábados, Peggy —rectificó Katia.

—Es verdad. Los sábados. Ya te lo presentaré. ¿Quieres que demos un paseo por ahí? Me encantará conocer la ciudad.

—Vamos —Jenni miró a Molly—. ¿Te quedas?

—Pues... —miró a Katia— si no te molesta.

—Al contrario. Te agradeceré que te quedes conmigo. Si lo prefieres, me cambio de ropa en un segundo, y vamos a dar un paseo también nosotras.

Fueron a dar un paseo. Perdieron a Jenni y a Peggy de vista casi enseguida. Ellas dos eran más reposadas. Caminaban despacio. Molly saludaba a todo el mundo. Los que se cruzaban con ellas miraban a Katia con admiración.

—Dentro de poco tiempo, serás aquí tan conocida como yo —dijo Molly—. Esta ciudad no es grande. Enseguida se recorre. Tenemos un círculo donde damos fiestas con el menor pretexto. Un club de golf, unas cuantas *boîtes* y cafeterías muy modernas. Somos una pandilla de amigos que lo pasamos muy bien. Te unirás a nosotros, ¿verdad?

—Por supuesto.

Katia vestía un traje de chaqueta de estambre, a cuadritos blancos y negros. No llevaba jersey debajo, sólo un pañuelo anudado a la garganta, de un verde musgo, muy fino. Calzaba zapatos de altos tacones. Su esbeltez se acentuaba aún más. Peinaba el cabello hacia atrás, con toda sencillez, cayendo un poco por la mejilla. Personalísima, con aquélla su distinción que se anunciaba a gritos, caminaba junto a su nueva amiga, mirando en torno sin curiosidad.

No la tenía. Katia Greenshaw no era su hermana Peggy. Ésta jamás había tenido problemas. Porque si bien sabía que el presupuesto familiar no era muy alto, era demasiado joven para tenerlo muy en cuenta.

Pasaron frente al círculo.

—Los hombres nos miran —dijo Molly, un poco nerviosa—. Son unos cotillas. Ahora se preguntarán quién eres tú, y el que lo sepa lo dice.

Katia ni siquiera miró.

—Déjalos. En algo tienen que ocuparse. En una ciudad como ésta, donde seguramente no ocurre nada, la llegada de unos forasteros supone como un acontecimiento.

—Sí, claro.

De súbito, Katia se detuvo en seco. Un sudor frío la invadió.

En la puerta de una elegante cafetería había un hombre apoyado. Su postura indolente le recordó otro instante. Tenía un cigarrillo en la boca y expelía el humo por la nariz, como si ello le causara un hondo placer.

Con voz ahogada, una voz que parecía salir de lo más profundo de su ser, preguntó:

—¿Quién... es ése?

—No sé a quién te refieres.

—No mires. O si lo haces, que él no lo note. El que está en la puerta de la cafetería, a la altura de la cual pasamos ahora.

Molly miró con disimulo. Alzó la mano:

—Hola, Paul.

Éste depuso su postura indolente y atravesó la calle sin prisa. Katia se estremeció. Era el hombre del «Night-Club».

—Buenas tardes, Molly —saludó con un acento de voz educadísima, que ella no conocía en él—. ¿Quieres tomar algo? —Molly se volvió hacia Katia.

—Te presento a mi amiga Katia Greenshaw. Es hija del nuevo director del Banco. Katia, éste es Paul Harris. No se puede venir a Watertown sin conocer a Paul.

No alargó la mano. No pudo. Una fuerza superior la contenía. Él sonrió. Era una sonrisa suave, mansa, que estremeció a Katia, como presagiando algo horrible. Por supuesto, no dio muestras de reconocerla. Se diría que era la primera vez que le ponía los ojos encima.

—Encantada... —dijo, tan sólo.

—Mucho gusto —dijo él, amable. Y como si la cortesía le obligara, insistió—. ¿Queréis tomar algo?

—No, gracias —dijo Molly—. Vamos a dar un paseo. Katia desea conocer la ciudad.

—Es lógico —la miró un segundo. Los ojos castaños eran aquéllos, los de aquella noche, y, sin embargo... ¿Es que realmente no la reconocía? Y si era así, ¿qué pensaría de ella?—, le agradará la ciudad.

No contestó.

—He tenido mucho gusto —insistió él al despedirse.

Katia sólo movió la cabeza un poquitín. Estaba segura de que si hablaba su voz sonaría agónica.

Él se alejó. Molly le miró un segundo.

—¿No te resultó simpático? Ni siquiera le diste la mano.

—Es... una costumbre en mí. Casi nunca doy la mano a los hombres cuando me los presentan.

—¡Ah! Es muy agradable, ¿sabes? Y correctísimo. Tiene mucho dinero. Es de una personalidad casi extraña en un hombre de su edad.

«Mentira, pensó. Mentira.»

—No tiene novia —siguió informando Molly, sin que ella le preguntara—. Debe ser muy reacio al matrimonio. Es el único defecto que le encuentro. Aquí todos lo ponen de ejemplo para sus hijos. Jamás he oído hablar de que haya hecho algo incorrecto. Es la corrección personificada.

«¡Mentira! Yo le vi... Yo le vi convertido en un sádico.» ¿Qué diría Molly si supiera que el ser correctísimo la invitó a pasar una noche con él... y la besó? El pasado ya no le interesaba. Lo que deseaba era volver a casa, encerrarse en su alcoba y pensar. Pensar con desesperación en todo aquello. ¿Qué pasaría si a aquel hombre se le ocurría decirle a su padre que la conoció de camarera en un «Night-Club»?

—Me... me duele un poco la cabeza. ¿Quieres que demos la vuelta?

—Claro que sí. Mañana iremos al club de golf. ¿Quieres?

¡Al club de golf! Claro que no. Ni al club de golf ni a ninguna parte. Iba a morirse. Eso era lo que iba a hacer. Morirse de desesperación en cualquier esquina de su casa.

Peggy hablaba por los codos. ¡Se sentía tan feliz! Le agradaba la ciudad y sus habitantes, las salas de fiestas, los clubs y la pandilla que Jennifer Berger le presentó. Toda esto lo decía lanzando exclamaciones de gozo. Sir Greenshaw la escuchaba satisfecho. De vez en cuando lanzaba una mirada sobre la muda y estática Katia y la interrogaba con los ojos. Katia movía los labios en una tenue sonrisa forzada.

—¿A ti no te gusta esta ciudad, querida Katia?

—Sí, sí, papá. Lo que pasa es que... aún no estoy tan ambientada como Peggy.

—Hasta he conocido a un chico estupendo —rió la pequeña, feliz—. Se llama Arthur Lorys. Creo que es consejero del Banco, papá.

El caballero afirmó, satisfecho. Pero en contraste, adujo:

—Ten cuidado. Eres muy niña todavía para pensar en hombres. Míster Lorys es un hombre casi maduro.

—Los hombres mayores son muy interesantes —replicó la jovencita.

—Peggy.

Ella enmudeció.

—Perdona, papá.

El caballero se volvió hacia su hija mayor.

—¿Te ocurre algo?

—No... no, papá. Estoy... un poco desorientada aún, eso es todo.

Cuando pasaron al saloncito, una vez solos, pues Peggy era una dormilona y dijo que se iba a la cama, sir Greenshaw señaló un lugar a su lado.

—Ven, Katia. Hablemos tú y yo.

Era de lo que pretendía escapar. De la mirada escrutadora de su padre. Pasó todo el resto de la tarde llorando en la intimidad de su alcoba. Era horrible saber que un hombre conocía aquel episodio de su vida. ¡Aquel triste e irreflexivo episodio! Y no creía en la rectitud, la bondad y la corrección de Paul Harris. Jamás creería. Molly sabía de él lo que decían en la ciudad. Un hombre con careta, estaba segura. El hombre que ella arañó, y aquel correcto caballero que se apoyaba en el quicio de la puerta de una cafetería, eran dos personas diferentes. Y que nadie tratara de hacerle creer lo contrario.

—¿Me oyes, Katia?

Se sobresaltó.

—¡Oh, sí, claro! Perdona.

—¿En qué pensabas?

—No... —parpadeó— no pensaba.

—De un tiempo a esta parte, te encuentro desorientada, Katia. Ahora no tenemos problemas, hija mía. Llevo la dirección del Banco desde aquí. He implantado mejoras que darán muy pronto sus dividendos. Esta gente estaba anticuada. No se dan cuenta de dónde está la fórmula para hacerse indispensable al cliente —hizo una pausa, y añadió al rato, con acento reflexivo—. Nunca tuve en mi poder las riendas de un gran negocio. Tal vez ignores, querida Katia, que yo nunca dispuse de un capital saneado. Tengo un nombre ilustre, y mi condición de aristócrata no me permitía dedicarme a vulgaridades. Ya sé que éstos son prejuicios con los que tú, me parece a mí, no estás muy de acuerdo.

—Papá...

—Os conozco bien a todos —añadió serenamente, con mucha ternura—. Sé cómo eres tú y, naturalmente, cómo es Peggy. Por vosotros hubierais trabajado en cualquier parte. Hay algo, no obstante, que priva a un ser como yo de permitir tal cosa. Nunca fui un soñador, Katia, quiero que lo sepas. Siempre esperé una oportunidad así, y quizá no me la dio nadie, porque nadie pudo penetrar en mis verdaderos deseos. Quiso el destino que la oportunidad, aunque tarde... haya llegado a mí. Pienso aprovecharla. Ya no tendrás que sacrificarte más.

—Papá, yo... no me sacrifiqué.

—¡Oh, sí! Con Ann has hecho verdaderos volatines para mantener decorosamente el hogar. Y lo que más te agradezco, Katia, fue que nunca pensaras en vender una joya de la casa, un cuadro, un tapiz, un bibelot... Pero sé —aquí la envolvió en una mirada tiernísima— que has vendido tu sortija.

Katia se estremeció de pies a cabeza.

—¡Papá!

—La casualidad quiso —siguió él, suavemente— que se la vendieras a un amigo mío. En mi juventud he comprado joyas... Entonces tenía algún dinero... —hizo una pausa. Palmeó la mano temblorosa de su hija y añadió—: Pero eso... ya no tiene importancia —hundió la mano en el bolsillo y extrajo la sortija—. Póntela. Y olvida esto.

—Papá... yo...

—Bueno, ahora vive tranquila. Piensa que esta vez... volveré a engrosar esa cuenta corriente que... terminé demasiado pronto.

—¡Oh, papá!

—Dentro de unos días podré trabajar en la oficina del Banco. Estoy satisfecho. Quiero que tú también lo estés.

Le tembló la boca. Tuvo deseos de dar gritos. Horribles gritos que hirieran la noche, y tranquilizaran un poco aquella terrible inquietud que la invadía. Y decirle a su padre, agonizando, que había cometido la triste y juvenil locura de hacer una heroicidad para evitar un dolor, y que aquella heroicidad... la conocía un hombre que pasaba en la ciudad por ser un caballero correcto, cuando con ella fue como un ruin desalmado.

Pero decir aquello y matar a su padre, sería todo uno.

—Katia... ¿te pasa algo?

—No, no, papá. Quizá estoy un poco cansada.

La besó en el pelo. Le dio una palmadita en el hombro.

—Ve a dormir, querida mía. No pienses en nada. Ahora... el que piensa en esta casa, soy yo.

Se fue a la cama, pero dormir... ¿Quién podía dormir con aquella pesadilla que la aniquilaba, la empequeñecía, que la convertía en una cosa insignificante, llena de angustia?

Con los ojos muy abiertos transcurrió la noche. Ya no había lágrimas. Ya no podía llorar. Era como si algo ardiera en el interior de su ser, y convirtiera en estéril su sensibilidad.

Ann le dio la carta.

—Es para ti —dijo, indiferente—. Seguramente de alguna de tus amigas de Nueva York.

¿Por qué lo presintió?

Asió el sobre. Lo ocultó en el fondo del bolsillo.

Jenni y Peggy gritaban en el jardín. Jugaban al tenis.

Molly, a su lado, la miró un segundo.

—¿No la lees?

—Luego... No tengo prisa.

Molly la escrutó un instante. Hacía más de tres días que sólo se separaban para comer y dormir. Un lazo de simpatía y afecto las unía. Sin duda alguna, Molly era digna del afecto de Katia, y ésta la apreciaba sinceramente.

Pero Molly se preguntaba qué podía oscurecer la vida de aquella muchacha tan bella, de personalidad indescriptible. Sin duda había algo en la hondura de sus ojos verdes que dolía. ¿Qué podía ser ello? Lo tenía todo para ser feliz. Juventud, belleza, un padre aristócrata, desempeñando un cargo honorable, lleno de cariño para ellas, además.

—Si me permites un momento —dijo Katia de repente—, voy a subir a mi alcoba.

—Yo jugaré un rato con Peggy y Jenni —y sin transición, añadió—: Quedamos en reunirnos con los otros en el club de golf. ¿No vas a venir?

—Quizá no. Tengo que ayudar a Ann.

No era cierto. Molly lo sabía. No obstante, admitió la disculpa.

—Entonces vendré a buscarte por la tarde. Dan una pequeña fiesta en casa de Kirt Hunter.

—Excúsame, Molly.

Lanzó sobre ella una mirada inquisitiva.

—¿Por qué? Todos están deseando conocerte. Nos reunimos unos en casa de otros con frecuencia. No me irás a decir que tú te meterás en casa como una ermitaña.

—No, no —sonrió, forzada, dando a su semblante una luminosidad que no existía—. Cuando me ambiente mejor...

Pudo despedirse. Llegó a su alcoba y pegó la espalda a la madera de la puerta. Había en sus ojos como un terror indescriptible. En la boca un suspiro contenido, en las manos un temblor convulso.

Elevó el sobre hasta los ojos.

Sin remite. El matasellos no era de Nueva York.

¿Por qué lo presintió desde un principio?

Rompió el sobre con nerviosismo.

Un papel saltó. Unas breves líneas. Una firma clara, como si en ella vibrara el odio o el deseo, y quisiera demostrarlo: «Harris».

No cabía duda posible. Por lo visto, con ella, el león no pensaba ocultar sus garras.

Una nube roja cubrió su mirada. Pero aún así pudo leer:

«Quiero hablar contigo. Te espero esta tarde detrás de la colina. Si no sabes dónde está... pregunta. O si lo prefieres, visitaré a tu padre en su elegante despacho del Banco. Te espero a las siete en punto».

Sólo eso. Era... como una amenaza infame. Como un chantaje odioso.

Rompió el papel en miles de pedazos. Rota la ira, dejó libre ésta hasta agitarla. Pisó y pisó aquellos pequeños trozos como si fueran el rostro de Paul Harris. Una y otra vez, hasta que le dolieron las pies.

Después, fue calmándose poco a poco. Quedó rígida, desmadejada.

Avanzó a paso corto, como si le pesaran los pies, hasta el lecho. Se derrumbó en él como un fardo.

No iría. Y... sin embargo... ¿Qué podía hacer? ¿Quién era ella para permitir que asestaran un golpe semejante en la dignidad de su padre?

«Antes morir que permitirlo.»

—Katia, Katia —gritaba Peggy, avanzando por el pasillo a todo correr—. Katia, ¿dónde estás?

Se tiró del lecho con brusca precipitación. Nadie tenía que saber aquello... Ella sola. Y sufrirlo sola, y llorarlo sola, y morirse sola, si era preciso.

—Katia...

—Pasa.

Nadie al verla en aquel instante podía decir que un momento antes sufrió casi un ataque de nervios.

Serena, muy estática, tal vez impenetrable, pero no menguada.

Peggy empujó la puerta de un empellón.

—Katia, chica, ¿dónde te metes? Molly y Jenni se han ido. ¿Sabes una cosa? Esta tarde voy a ir a una fiesta Papá acaba de llegar. Le he pedido permiso —y con su volubilidad habitual, añadió—. ¿Sabes que papá camina sólo apoyado en un bastón? Me pareció más arrogante que nunca. Está muy guapo. ¿Vendrás tú a la fiesta?

—No hables tanto, Peggy. Lo dices todo a la vez y no hay quien te entienda.

—¡Oh, perdona! ¿Sabes otra cosa? Esto te gustará a ti. Tenemos en la pequeña cuadra dos caballos. Se los han regalado a papá. A ti te gusta montar. Además tienes traje de amazona.

Sonó el gong abajo. Era la hora de comer.

—¿Vienes, Katia? Yo tengo un apetito devorador —y guiñándole un ojo—. Se acabaron las amarguras. Alegra esa cara, mujer —y confidencial, temblándole un poquitín la voz—. ¿Sabes que... me gusta mucho Arthur Lorys? Pero no se lo digas a papá, ¿eh?

Le palmeó el hombro con ternura. ¿Qué podía hacer? Era como una criatura. Ella sólo le llevaba tres años, y, sin embargo... sentía en sus espaldas el peso prematuro de una vejez dolorosa.

—Vamos, vamos —susurró con ternura—. Vamos, loquilla.

Seis

Sir Greenshaw se hallaba en la terraza sentado en un confortable sillón de mimbre. A su lado se hallaba, igualmente sentado en un cómodo sillón, el general Rich, un señor respetable, de grave continente, que se hizo amigo de su padre, nada más llegar ellos a la ciudad. Tenían una mesa en medio y un servicio de licor sobre ella. Hablaban alegremente. El general refería a su nuevo amigo las incidencias de su vida militar.

En aquel instante apareció Katia en la terraza. Miró a un lado y a otro con vaguedad.

Vestía un traje de montar, pantalón de canutillo rojo, blusa blanca, chaqueta de ante negro, desabrochada. Llevaba la fusta en la mano y la agitaba nerviosamente. Cubría su cabeza con una discreta visera roja. Las altas polainas lustrosas daban a su cuerpo una esbeltez casi quebradiza. Linda en verdad. Los dos hombres se la quedaron mirando admirados.

—Katia, hijita, ¿adónde vas?

Se acercó a ellos. Besó a su padre. Saludó cariñosamente al general.

—General Rich...

—Qué guapa estás, diantre. Si te ven los chicos así... van a bizquear.

Un chico iba a verla. Sí. Iba a verla a las siete en punto, suponiendo que acudiera a la cita. No podía negarse. Además necesitaba conocer las intenciones del enemigo. Era inútil huir de algo que, quisiera o no, vivía en ella y podía servir para causar la muerte de su padre.

—¿Vas a dar un paseo, querida?

—Sí, papá.

—¿Cómo no has ido con Peggy y los demás? Cuando salía del Banco me crucé con un nutrido grupo. Según me dijeron iban a casa de los Hunter. Dan una fiesta.

—Tal vez al regreso de mi paseo —mintió— me acerque allí.

—La juventud aquí —opinó satisfecho el general— lo pasa en grande. No te arrincones, Katia. Sal con ellos. A veces me da la sensación, cuando te observo, de que les superas a todos en edad. Y eres una chiquilla.

—Gracias, general Rich.

—¿Por decir la verdad? —suspiró—. ¡Quién tuviera cuarenta años menos, niña!

Katia hubo de reír. Un buen observador hubiera notado de inmediato, que aquella risa nacía y moría en los labios.

Besó de nuevo a su padre y saludó al general.

—Me voy. No estés mucho tiempo aquí, papá. ¿Por qué no entran ustedes? Tan pronto el sol se meta, hará frío.

Se alejó. Tenía el caballo atado a un barrote de la verja. La vieron saltar con agilidad.

—Es una monada de criatura —ponderó el general—. Lástima que pronto te quedarás sin ella. Aquí hay hombres muy importantes, que podrán hacerla feliz.

Sir Greenshaw suspiró.

—Katia no es como Peggy. Quizá Peggy se case antes. Es impetuosa y emocional. Katia...

—¿Quieres decir que Katia carece de temperamento emocional?

—No, no. Pero sabe dominarse mejor.

El general sonrió, divertido:

—Eso no significa que no exista.

—Sí, hombre, sí. Pero yo quiero decirte que Peggy demuestra más lo que siente, y por tanto se enamora con más facilidad. Posiblemente Katia ame más y mejor que Peggy, pero no es fácil saber cuándo siente el amor.

—Porque no lo ha sentido nunca. El amor y el dinero jamás pueden estar ocultos, Jefrey. Es un dicho vulgar, pero que lleva toda la verdad.

—De todos modos, yo insisto en que Katia no es tan fácil de comprender como Peggy. No se enamorará con futilidad. Tiene cerebro. La domina éste. A Peggy, en cambio, la domina el corazón.

—¿Y tu muchacho?

—Llega mañana, para regresar a Nueva York el lunes en el primer tren. Pronto terminará la carrera, Rich —añadió de súbito, tras una pausa reflexiva—. ¿Sabes que me agrada esta ciudad? Hace muchos años que no me siento tan satisfecho de mí mismo, de mi labor, de mis convecinos. Esta mañana he conocido a una personalidad muy relevante en la ciudad.

—Paul Harris, sin duda.

Se le quedó mirando, sonriente.

—¿Por qué lo sabes?

El general se alzó de hombros, riendo.

Era un hombre campechano, sincero, de gran personalidad, un poco alborotador. Carecía de familia. Vivía en un hotel de primera categoría. Se pasaba las mañanas en el club y las tardes en casa de sus amigos.

—Porque es la persona más rica de Watertown, y más influyente, y, según dicen, más seria.

—¿Tú... lo dudas?

—No, no —se apresuró a replicar con sinceridad—. No es que no lo crea, es que me parece que, a los treinta años, uno debe tener más temperamento. Yo no me conformaría sólo con ser rico. Sus propiedades abarcan todo el Estado. Se pasa la vida sobre su caballo, recorriendo sus tierras. Va al club de tarde en tarde, y si juega una partida, lo hace con gesto aburrido. Yo no entiendo la juventud de ese modo, Jefrey. He sido un poco cabeza loca. Me he divertido en grande y he pasado ratos inolvidables, que, dicho en verdad, me ayudan a llevar con resignación esta vejez que ahora me afecta.

—Nunca se puede censurar a un hombre por ser demasiado serio.

—Pues qué quieres, yo lo censuro. Es más, a fuerza de meditar en esa seriedad, a veces juraría que es sólo un parapeto. Una careta tras la cual se oculta el zorro.

—Antes decías que no dudabas de él.

—Y no dudo, es sólo una sensación.

—Eres su amigo, pese a la diferencia de edad.

—En efecto. Y esto que te digo a ti, estoy harto de decírselo a él. ¿Sabes qué responde? Le da la risa. Esa media risa que a mí no me agrada en absoluto. Recuerdo que cuando yo era sólo comandante tenía un teniente de una gravedad que rayaba ya en la pedantería. Yo, naturalmente, le ponía de ejemplo. Entonces aún me impresionaba un poco la gravedad de las gentes que tenía a mis órdenes. No salía jamás del campamento. No daba permiso cuando lo consideraba conveniente. Censuraba y castigaba a los rebeldes. Multaba a los trasnochadores. Ejem...

—¿Y qué?

El general se echó a reír fuertemente.

—¿Y qué quieres saber? Pues te lo voy a decir. Una noche se me ocurrió dejar el campamento. Pasé por la trinchera del teniente. Le pregunté al centinela dónde estaba y me dijo: durmiendo. Yo pretendía tan sólo llevarlo conmigo, con el fin de que corriera una juerguecita. Me divertía en gran manera ver a los novatos con una copa de whisky de más. Me resigné a ir solo. Monté en el jeep, y me dirigí al poblado próximo. Había allí un garito que ya conocía de oídas. Fui directamente allí. ¿Y sabes lo que primero vieron mis ojos? Al teniente, convertido en una piltrafa. Me asombré. Me dirigí al dueño del burdel y le pregunté qué hacía aquel hombre allí tendido en el suelo, borracho como una cuba. El dueño se alzó de hombros y, riendo, me dijo que el teniente acudía allí todas las noches. Que dormía la mona hasta el amanecer y que con las primeras luces del día, regresaba al campamento.

—Un redomado hipócrita.

—Yo lo consideré algo peor. Era un fariseo.

—¿Qué hiciste?

—Lo sorprendí seis noches después, lo castigué, y no tardando mucho pidió el traslado. No volví a verlo jamás. Tampoco me interesó. A esa clase de gente, yo la condeno. ¿Y sabes lo que haría con ellas? Las condenaría sin piedad. Ordenaría colgarlas de un árbol y mandaría a los niños que tiraran piedras jugando al blanco con su cuerpo.

—Y crees que Paul Harris...

El general dio un respingo.

—¡No, demonio! No extremes las cosas. Yo no pienso nada determinado de la gravedad de Harris. Únicamente, cuando lo veo, siempre recuerdo al teniente. No sé por qué, porque de todos es sabido que Paul Harris es un hombre de lo más correcto —hizo un vago movimiento con los brazos—. No sé por qué; la verdad, me asalta ese pensamiento cada vez que veo a Harris. No, diantre, no sé por qué.

Paul Harris lanzó el cigarrillo al suelo y seguidamente encendió otro. Chupó con fuerza. No había en su ademán ni elegancia ni gravedad. Era un ademán nervioso y desordenado.

Apoyado en un árbol, contempló la llanura. Árboles, el río cruzando la pradera y la colina, por mitad de la cual el sinuoso sendero descendía.

Se dejó caer en un montículo e hizo un agujero en la tierra con la espuela de la bota. Vestía calzón de montar, altas polainas y un jersey negro sobre la camisa inmaculada.

Parecía más poderoso. No había piedad en sus ojos. Ni una sonrisa en los bien trazados labios. Fumó más deprisa. Consultó el reloj. Las siete ya.

La ira le invadió. Apretó el pitillo entre los dedos y lo lanzó lejos. Al chispear en el agua, alzó los ojos. La vio.

Se puso en pie poco a poco. Hermosa en verdad, personal hasta para desafiarlo. Sonrió tibiamente, como si le causara mofa la personalidad de aquella joven.

Katia espoleó el caballo. Lo detuvo junto a Paul Harris.

—Baja —ordenó él.

—¿Por qué? —preguntó con aspereza—. ¿Qué quiere usted de mí?

Era una orden. Katia sintió que la sangre le hervía rebelde. Estuvo a punto de levantar la fusta y cruzarle el rostro. Pero no lo hizo. Una vez le arañó. Puede que él no lo olvidara aún. No. No lo había olvidado. Estaba allí y en sus ojos había, además de una burla hiriente, un triunfo indescriptible.

—Baja, te digo. Vamos a hablar los dos...

Negarse hubiera sido tanto como indicar a Paul Harris el camino del Banco, e incluso cerrarle junto a su padre en el despacho de éste.

No. Jamás podía permitir que sir Greenshaw conociera aquel triste e irreflexivo pasaje de su vida. Ella lo hizo creyendo salvar a su padre de la vergüenza. Nunca creyó que pudiera cubrirle de lodo. Y si Harris hablaba... su padre se moriría de dolor y humillación.

Descendió. Había una dignidad muy humana en su semblante.

—Sentémonos aquí —dijo él.

—No necesito sentarme. Dígame lo que desea de mí. No he venido aquí a dialogar con usted. Sólo a saber qué desea a cambio de...

—Ya sé por qué lo hiciste.

—¡Cállese!

—Y no pienses que yo olvido fácilmente las huellas que tus uñas dejaron en mi rostro. No soy hombre que olvide...

—Me pregunto qué dirían sus amigos si le vieran aquí, frente a mí, comportándose como un rufián.

Paul rió. Era su risa odiosa, como una ofensa.

—Son demasiado ingenuos. Es fácil hacer creer a ese puñado de gentes absurdas lo que uno desea. Es sumamente fácil. ¿No lo sabías? Creo que lo sabes por ti misma. Pasas por ser la elegante hija de un caballero aristócrata y no eres más que...

Como un silbido salió de los labios temblorosos una palabra.

—¡Cállese!

—¿Duele?

—¿Qué desea? Termine de una vez. ¿Quiere dinero? Nunca pensé que el respetable Paul Harris fuera un vulgar chantajista.

—Llámalo como quieras. No creas que deseo mucho de ti. Poco. Puedes darlo.

En la forma de decirlo, adivinó su vil intención. Dio un paso atrás. Tropezó con el caballo. Nerviosamente, perdió sus finos dedos en las crines del animal. Paul siguió, con los ojos un poco cerrados, el movimiento de aquella distinguida mano de mujer.

—No soy de los que se casan —dijo—, pero quizá... quizá... te proponga matrimonio.

—Jamás me casaría con usted.

—Bueno —rió—. Eso no vamos a discutirlo. Mira allí, al fondo. ¿Ves aquella casita? ¿Sí? Es mía. Está muy discreta, ¿verdad? Nadie repara en ella jamás —volvió a reír, sin piedad—. Además, aunque te vean entrar en ella, nadie pensará nada malo. Soy un ser respetable. Todo el mundo lo sabe. Es más, me consideran un desapasionado. Yo no pierdo nunca la cabeza por las pasiones humanas. Soy como un bendito infeliz. Doy dinero para los hospitales, para empresas de caridad. Oigo siempre a las damas de los roperos infantiles. Cuando se organiza una tómbola, regalo todo cuanto en ella se rifa... Como ves, es difícil que nadie me critique. Si lo hacen, es de puertas tan adentro, que los que están fuera no se enteran. Y los que están dentro, cuando salen, se pegarían con los que se atrevan a decir algo en contra del espléndido Paul Harris.

—Y eso le enorgullece.

—No —rió, odioso—. Me divierte un horror. Me da a comprender la falsedad del mundo, la mentira de las cosas. Como tú, ya ves. ¿Quién iba a decirme que a la muy distinguida hija de sir Greenshaw iba a conocerla yo de camarera en un «Night-Clubs»?

Una agitación infinita la invadió. Desprendió los dedos de la crin del caballo y los unió desesperadamente. No podía disimular su congoja. Era horrible aquella situación.

Él, riendo, con esa media sonrisa del hombre poderoso, que sabe, puede con todo, añadió:

—Con que vengas aquí una vez a la semana, me basta.

—¡Oh, no! ¡Nunca!

—Bien. Iré al Banco. No te acusaré. No lo voy a necesitar. La vida y los seres humanos me enseñaron a ser diplomático, y a hacer daño con tal diplomacia.

—Es usted... un canalla.

—Bueno, eso ya me lo has dicho en otra ocasión.

Por las malas, nada iba a conseguir. Necesitaba impresionarlo. Quizá si depusiera un poco su personalidad y le dijera las causas por las cuales estaba allí... Dolía deponer su dignidad. Dolía como si le arrancaran algo vivo del cuerpo, pero era preciso. Pensó en su padre, en la felicidad que disfrutaba actualmente. En los amigos que tenía en la ciudad. En la tranquilidad del hogar. En los estudios de Curd, en la alegría despreocupada de Peggy...

—Mister Harris —dijo con una voz que parecía salir de lo más profundo de su ser—. Óigame por un instante, por favor. Papá estaba enfermo. Curd, mi hermano, no podía dejar los estudios. Peggy tiene un profesor. Carecíamos de dinero. Yo le aseguro que... que... —pasó los frágiles dedos por la frente. A él le pareció preciosa, pero no se conmovió—. Se lo ruego. Olvide eso. Pídame... pídame que sea su amiga. Lo seré. Su amiga...

—Eso es lo que deseo —dijo él indiferente.

—No, no —se agitó—. No digo... la amiga que usted pretende. Yo... Dios mío, compréndame usted.

Paul Harris no parecía ni conmovido ni dispuesto a hacer una sola pequeña concesión.

Emitió una risita. Una de aquellas risitas que exasperaban al general.

—Mañana —dijo, cortante— te espero allí. Sólo tienes que empujar la puerta.

—¡No!

—Bien. Ya me conoces. O creo que me he quitado lo suficiente la careta para que me comprendas. No vamos a dilatar más este diálogo, ¿para qué? —súbitamente subió al caballo—. Hasta mañana, pues. A esta misma hora. No me gusta esperar.

—Mister Harris —gritó ella, desesperadamente—. Mister Harris...

Paul se alejaba, espoleando su caballo a todo galope.

Katia subió al suyo con un impulso repentino de seguirle. Pero cuando se vio sobre el potro sólo supo inclinar la cabeza sobre el pecho y dar la vuelta muy lentamente.

—Te has perdido lo mejor —gritó Peggy entusiasmada—. Lo he pasado de maravilla —bajó la voz—. ¿Sabes? No cabe duda, le gusto a Arthur Lorys. ¿Qué te parece si me casara con él?

Katia no respondió. Se diría que no la oía.

Tendida en el lecho, fumaba en silencio. Los ojos muy fijos en el techo. Inmóvil el rígido cuerpo.

Peggy iba de un lado a otro de la alcoba, cambiándose de ropa. Dejaba las prendas tiradas en el suelo. Luego subía Ann y gritaba enojadísima.

Siempre ocurría igual. ¡Dichosa ella! No tenía sentido común alguno y, por supuesto, no tenía aquel breve pasado que la ligaba a ella al presente. Al presente odioso de un sádico indecente, con careta de cordero dulce.

—¿Qué crees que dirá papá, Katia? ¿Me permitirá ponerme en relaciones con Arthur Lorys? Es un buen partido. Creo que en su árbol genealógico no figuran marqueses ni lores, pero... tiene mucho dinero. Hoy día... —se detuvo en seco, mirando a Katia— Oye... ¿no me has oído? ¿Qué te pasa? ¿Has llorado?

Katia se sentó en el lecho. Echó el cabello hacia atrás y apagó el cigarrillo en el cenicero que había sobre la mesita de noche.

—Será mejor que dejes de hablar y recojas todas esas prendas.

—Ya tenemos una doncella, Katia.

—No seas necia. Ann tiene bastante que hacer en la cocina, y en cuanto a la doncella, no le falta trabajo. Alívialas cuanto puedas. Ése es tu deber y el mío.

—Hum. Qué tonta estás esta temporada. Has cambiado, ¿sabes? —y con volubilidad—. ¿Oíste lo que dije de Arthur Lorys?

—Sí. Será mejor que te críes. Eres una chiquilla sin juicio.

Se oían voces en el vestíbulo. Peggy salió corriendo. Pasó junto a ella como una exhalación.

—Es Curd. Verás a cuántas chicas le voy a presentar —miró hacia atrás. Katia seguía en pie en el umbral, sin mover un músculo de su rostro—. Estoy muy contenta de vivir en Watertown, Katia.

Echó a correr escalera abajo, gritando:

—Curd, Curd...

Ella también bajó. Despacio, como si le pesaran los pies.

¿Qué podía hacer? ¿Podía hacer algo en realidad? Paul Harris no era de los hombres que amenazaban en vano. Cumpliría lo que dijo. Era un asqueroso chantaje. ¿Y si ella le hablara a Curd? ¿Y si le dijera que nunca fue a cuidar una enferma? Curd se moriría de vergüenza, como su padre, y ello no evitaría que Paul Harris cumpliera su amenaza. Se lo diría a cualquiera en el círculo. Lo haría con suma diplomacia, pero lo diría, se sabría...

No. Su padre no merecía aquel deshonor.

—Katia —gritó Curd—. Querida Katia —la abrazó fuertemente—. Estás más delgada.

—No... Como siempre.

La apartó un poco.

—Y más pálida. ¿Estás triste? ¿No te gusta esta ciudad?

—Sí, sí, claro.

—Es que no se ambientó aún —gritó Peggy feliz—. Verás cómo te diviertes, Curd.

—Un poco de calma, Peggy —ordenó el caballero.

Curd se volvió de nuevo hacia su padre, sin soltar los dedos de Katia.

—Estás magnífico, papá. Sin duda alguna el trabajo te sienta muy bien. Tienes un aspecto muy saludable.

—Estoy haciendo grandes cosas, querido Curd. Me siento satisfecho de mí mismo. Lo esencial, ahora, es que vosotros viváis cómodos aquí. Yo encantado. Figúrate que hasta casi pienso que sería conveniente vender nuestra casa de Nueva York.

Los tres hijos lo miraron asombrados. Era la primera vez que sir Greenshaw se desprendía un poco de sus prejuicios de raza. Él, viéndose observado, añadió, con cierta timidez:

—Bueno, yo creo que no he dicho ningún desatino. La venta de la mansión nos proporcionaría un capital que, invertido en el Banco, me afianzaría aquí hasta mi muerte. Un director de Banco necesita ser banquero a la vez. Por otra parte, podría entregar una dote respetable a tus hermanas el día que se casaran.

—Papá... pero nunca has querido vender ni un sólo cuadro.

—La vida y el trabajo de cada día me demostraron que me hallaba equivocado. Pero bueno, ahora no vamos a hablar de eso. Me gustaría, eso sí, conocer vuestro parecer sobre el particular.

—Por mí —gritó Peggy—, vende mañana mismo.

—Pienso igual que Peggy, papá.

Los tres miraron a la silenciosa Katia.

Parecía muy lejana. Se diría que no había oído nada de cuanto dijeron. Pero lo oyó todo.

—Katia... ¿qué dices tú?

—¿Eh? —sonrió forzada—. Sí, sí, claro, papá, vende cuando quieras... Lo... lo que tú digas.

—No se trata de lo que yo diga, Katia, sino de lo que digas tú.

¿Ella? ¿Qué podía decir ella? Vio con la imaginación la casita perdida entre los árboles, el agua del río lamiendo sus muros. La figura de aquel hombre... alto. Supo que iría. ¿Quién era ella para herir a su padre de aquel modo?

De pronto se dio cuenta de que era el blanco de las miradas de los tres. Hizo un esfuerzo. No tenía derecho a perturbar aquella paz con sus problemas. Si éstos existían, y por supuesto que existían, tendría que solucionarlos sola. No era fácil. Era, por el contrario, cruel que se viera en aquel trance. ¿Por qué? ¿Por qué le hacía aquel daño Paul Harris? ¿Porque la amaba? No, por supuesto. Porque la deseaba, sin duda, y sabía que sólo por la fuerza podía tenerla. Porque casarse... No, no era aquel hombre de los que se casaban. Bastaba verlo. Y él mismo lo dijo.

—Katia... ¿te ocurre algo?

—No —emitió una sonrisa que fue más bien una mueca—. No, claro. ¡Qué va a ocurrirme!

—Tienes un aspecto demudado.

Se miró a sí misma como si pretendiera ganar tiempo.

—¿Lo... parece? Es que tengo un poco de jaqueca. Quizá si descansara un poquito antes de comer...

—Ve, ve —se apresuró a decir su padre. E, inesperadamente, dijo algo que la dejó paralizada—. Precisamente hoy tenemos un invitado a comer... ¿A que no adivináis quién es? Seguro que aún no le conocéis. Es el mayor accionista del Banco. Estoy vinculado a él por mi trabajo y ahora por amistad. Es una gran persona. Se llama... —Katia se estremeció. Presintió que era él. Agarróse al brazo del sillón y apretó allí sus finos dedos hasta que quedaron blancos. Su padre prosiguió sin detenerse, con sencillez, ignorando, por supuesto, el mucho daño que hacía a su hija mayor—... Paul Harris. Os agradará. Es una gran persona, como os digo. Un hombre del que debieran tomar ejemplo todos los jóvenes de su edad.

Katia dio la vuelta sobre sí misma. Miró al frente. Anochecía. Las luces de la ciudad empezaban a encenderse. Sintió como si una rabia sorda la destrozara. Como si una humillación mil veces peor que ir a la casita del bosque la invadiera.

Despacio, como si le pesaran los pies, fue alejándose hacia la terraza. Oía las voces de su hermano y su padre, mezcladas de vez en cuando a la precipitada de Peggy, como si llegaran de muy lejos.

Se detuvo en la terraza. Su sombra en aquella oscuridad parecía fantasmagórica.

Siete

Fue la última en bajar.

Cuando ella apareció en lo alto de la espalera, delicadamente vestida, majestuosa, con aquella elegancia innata nacida con ella o adquirida en su cuna privilegiada, todos enmudecieron.

Vestía un modelo negro, escotado; sin mangas. Lucía en torno al cuello un fino hilo de perlas. En la aristocrática mano la sortija que un día vendió por doscientos dólares y que luego recuperó su padre. Llevaba el cabello peinado hacia arriba, formando un artístico moño. Aquel cabello rojizo, aquellos ojos verdes, aquel seno suyo, menudo y palpitante, produjo en Paul Harris como una sacudida.

No sabía por qué causa deseaba verla humillada y vencida. ¿Por los arañazos recibidos aquella noche? No. Él no era tan mezquino como para vengar con la posesión un simple incidente normal. Le gustaba aquella mujer. Su altivez innata, su orgullo de raza, su distinción... todo en ella le ofendía y le cegaba.

Además, era un doble juego divertido. Era algo que no había probado jamás, y lo deseaba como nada había deseado en la vida. No empezó a desearla cuando la vio servir las mesas en el «Night-Club». Ni cuando se negó a su demanda. La empezó a desear cuando supo quién era, cuando vio su casa, cuando adivinó la exquisitez de su espíritu, cuando supo lo mucho que se sacrificaba por los suyos. Fue para él como un raro ejemplar de la raza femenina. Un ejemplar que le hería, porque, subconscientemente, la consideraba superior a él, y eso, dada su soberbia, no podía permitirlo.

Cuando Katia apareció en lo alto de la escalera y empezó a descender tan despacio como si contara cada paso, él ya era amigo de Curd Greenshaw, ya lo había invitado a sus bosques, con el fin de cazar cuanto quisiera. Era aún más amigo de sir Greenshaw, y tenía toda la simpatía de Peggy.

Era éste, y no otro, precisamente, el motivo por el cual aceptó la invitación que le hizo sir Greenshaw aquella misma tarde.

Cuando Katia llegó al salón en la puerta del cual se hallaban ellos, sir Greenshaw dijo satisfecho:

—Esta es mi hija, míster Harris. Katia, te presento a nuestro amigo Paul Harris.

No le dio la mano. Nunca podría hacerlo. Tal vez un día, al siguiente quizá, él se la tomara entre las suyas. Pero dársela ella espontáneamente, ¡no! ¡Nunca!

Y lo peor de todo es que se daba cuenta de lo fácil que Paul Harris se haría amar si él lo quisiera. Su simpatía era tal que tenía cautivada a toda la familia. No lo conocían. Sería difícil que lo conocieran nunca. Era un ser pervertido, bajo cuya sonrisa afable se ocultaba la peor calaña del ser humano.

—Encantado —dijo, como si jamás la hubiese visto hasta aquella tarde.

Se inclinó profundamente. Katia tenía la ceja alzada. Admitió la galantería con una tenue sonrisa casi desdeñosa.

No dijo nada. Se colgó del brazo de su padre y cruzó el umbral sin volver la cabeza.

Peggy se colgó del brazo de Harris. Curd los siguió, riendo.

—Katia... no has sido muy cortés —cuchicheó el caballero.

—Perdona.

—¿Por qué?

—No lo sé.

—Te he dicho que es un caballero.

No respondió.

—Katia... ¿tienes algo contra él?

—No, no...

—Respira, hijita —dijo bajísimo—. Es un hombre a quien necesitamos mucho.

Le dolió más. Más que antes. ¡Necesitarlo mucho! Y él se gozaba en humillarlos. ¿Qué ocurriría si ella dijera en aquel instante todo lo que sabía, a la tiranía que era sometida por aquel hombre que sonreía plácidamente, como si jamás hubiera hecho daño a nadie?

Se estremeció sólo de imaginar la reacción de su padre y de su hermano. Pero al mismo tiempo un temblor convulso la agitó, pensando en cómo los destrozaría si ella hablara en aquel instante. Sin duda alguna hundiría para siempre al ejemplar personaje misterioso. Pero a la vez... hundirla para siempre, asimismo, a su padre y a su hermano. Y ella misma... ¿qué quedaría de ella? ¿Por qué fue tan irreflexiva? Quizá inducida por las novelas que leía. Ya no leía. Ya no reía ni lloraba. Ya no deseaba nada. Sólo morirse.

Ni una sola vez cruzó los ojos con él. Era soberbia, orgullosa, dura y sensible a la vez. Verla allí, sentada a la mesa, majestuosa y digna, suponía un acicate más afianzando su propósito. Sería grato verla humillada, convertida en nada. Y más grato aún hacer vibrar aquel cuerpo de diosa mitológica.

Pasaron todos al saloncito. Los tres hombres se enfrascaron en una conversación sobre bancos, negocios y leyes.

Ella se fue hacia el jardín. La vio salir. Erguida, esbelta... ¡Preciosa muchacha! Se las arregló para que Curd y Peggy se pusieran a discutir. Se puso en pie. Consultó el reloj.

—Debo marchar —dijo—. Ya son las doce...

Ella no había regresado del jardín. Necesitaba hablar allí, a solas, en la oscuridad.

—Peggy —dijo el caballero—. Llama a tu hermana. Dile que venga a despedirse de mister Harris.

—¡Oh, no! —se apresuró a advertir amablemente—. No la moleste. Yo mismo la buscaré en la terraza o en el jardín con el fin de despedirme.

—Como desee. Vuelva por aquí de vez en cuando, Harris. Tendré mucho gusto en cambiar impresiones con usted.

—De acuerdo. Me gustaría, a mi vez, que pasara usted por mi finca. Tengo unos cotos de caza verdaderamente envidiables.

—Acepto. El domingo, seguramente, tomaré mi escopeta e iré a pasar la mañana con usted.

—Tendré mucho gusto en mostrarle mis mejores cotos, donde podrá cazar y pescar cuanto desee. Mañana es domingo. ¿Le espero?

—Mañana me es imposible. Tengo una reunión particular a las once. El domingo próximo. ¿Le parece bien?

—De acuerdo. Buenas noches a todos.

Curd le acompañó hasta la puerta.

—Puedes retirarte, Curd —dijo afablemente—. Aún voy a buscar a tu hermana mayor.

—Buenas noches, pues.

Se perdió en la oscuridad. La buscó por un lado y otro con los ojos, sin moverse de lo alto de la terraza. La vio junto al cenador, cogiendo ramas que estrujaba distraídamente entre los dedos nerviosos. Imaginó aquellos dedos untados de la savia verde. Sonrió.

Atravesó el sendero enarenado y se perdió entre los macizos.

—Ya me voy...

Ella dio la vuelta en redondo, como si en aquel instante se hallara muy lejos de allí. Se midieron con la mirada. Él sonrió. Tenía unos dientes blancos y unos labios relajados, un poco caídos hacia abajo. Era la boca viciosa de un hombre dado al sexo.

—Supongo que quedará usted satisfecho.

—No —rió—. Indudablemente pensé que me dispensarías mejor acogida.

—Es usted...

—No lo digas —mansamente—. ¿Para qué? ¿De qué nos serviría?

—Nunca ha pensado que yo... refiera a mi padre todo lo que hice aquellas dos semanas.

—No —con la misma falsa mansedumbre—. Si lo dijeras... matarías a tu padre, y le amas.

—Y se goza en ello.

—No se trata de eso. Es que yo siento unos goces diferentes. No soy hombre que se case, y tú eres muy bonita. Tienes demasiado orgullo. Has nacido como los seres privilegiados. ¿Por qué razón, si eres un ser humano? Es lo que no perdono.

—¡Complejos!

—Qué dislate. Tengo demasiadas cosas buenas en la vida para sentirme inferior.

—De superioridad.

—Palabras. No me he detenido aquí para discutir contigo. No voy a discutir nunca contigo. Lo único que deseo y espero que tú no olvides... es que mañana a las siete de la tarde estés allí.

—¡Nunca!

—Has conocido esta noche mi diplomacia. No me detendré ante nada. Estoy seguro que podré dañarte mucho y dañar a tu padre, sin que nadie pueda señalarme con el dedo. Es... mi norma.

—Odioso ser envilecido.

—Hombre... caprichoso, si quieres. Pero... que no cede lo que desea y considera puede alcanzar.

—A mí —dijo en un gemido—. No.

—Eres débil —susurró bajo—. Muy débil. Eso me gusta. Mañana a las siete. Ya sabes dónde...

Y antes de que ella pudiera responder, se perdió entre los arbustos del jardín.

Quiso correr tras él, suplicarle como una pobre e infeliz pordiosera. Pero no movió los pies. Oyó en seguida el ronco motor del auto...

Empujó la puerta. La muerte iba en sus dedos, en sus ojos, en sus labios, fuertemente apretados. Pero empujó la puerta. Le sintió allí. Cerca, a dos pasos. Sintió también los dedos fieros apresar los suyos y la risita íntima, ronca, odiosa...

Horas o minutos.

Lloviznaba.

Pisaba despacio, medía las pisadas. Contaba los pasos al atravesar de nuevo el sendero. Uno, dos, uno dos...

Montó de un salto. El caballo huyó a galope.

Una lágrima se confundió con la lluvia. Resbaló por su rostro. No la secó. Sentía un temblor convulso en las rodillas, una pena honda, agónica en el corazón. Los labios doloridos por aquella experiencia inhumana, se apretaban fuerte, fuerte.

El hombre se hallaba en la puerta.

Ella no lo vio.

Pero quedaba allí, rígido, mirando al frente.

—Debiera sentirme feliz. Debiera, sí, pero no sé por qué... me siento triste... desgraciado...

Aplastó la mano en la puerta. Miró hipnótico el conjunto de la casita.

Dio una patada al primer mueble que encontró. Descargó un puñetazo en el aire.

Olía a ella. Su perfume quedaba allí como mofándose de él.

Sintió frío. Él, que jamás se sintió inquieto ni friolero, de pronto, algo recorría su cuerpo, algo, como una amenaza maldita.

Miró en torno. Bruscamente, como si temiera evocar su rígida figura inconmovible, salió y respiró a pleno pulmón.

—Soy un hombre feliz —gritó—. Muy feliz.

Pero la mueca de su boca, la nube que cruzaba sus ojos, el sabor amargo de aquellos instantes, indicaban todo lo contrario.

Saltó al potro y al galope se dirigió a su casa.

Necesitaba gozarse en su sufrimiento. Era una revancha a la insensibilidad que, como acicate para sus deseos, sintió en ella. Ni siquiera en aquel instante supremo para ella consiguió doblegarla. Era personal hasta para eso. Valía más que él.

—Es más fuerte que yo. Yo creí ser fuerte, y soy... una basura inmunda.

Pero no se arrepintió de nada. Al contrario. Deseó con más ansia hacerle daño, dominarla, hundirla más y más.

¿Por qué razón? Él no era un hombre honrado, pero jamás, en ningún momento de su vida, fue un sádico maldito, y de pronto, desde el momento de conocerla, de sentir sus ojos en los suyos, deseó doblegarla.

«¿Es que la amo? —se preguntó, atónito—. ¿Es que la amo?»

Molly insistía.

—Mujer, no vas a pasarte la vida en casa. La fiesta esta vez la da Arthur Lorys en su piso de soltero. Te aseguro que lo pasaremos muy bien.

Katia miraba al frente. Nadie se percató, ni siquiera Molly, pero lo cierto es que en el fondo de las pupilas, había como una agonía.

—Agradezco tu interés, Molly. Pero hoy no puedo.

—Te pasas la vida en casa.

En casa, no. Iba a la casita del bosque, y se perdía en ella y se moría un poco más cada día.

Un mes así. Ni su padre, ni su hermana, ni Ann. Nadie sabría nada jamás. Ella, sí. Ella lo llevaba impreso en sus manos, en sus ojos, en su boca... Era como una maldición o una penitencia.

Molly, Peggy y Jennifer se fueron a media tarde.

Quedóse tendida en el lecho, mirando al frente. No veía nada. Se diría que era un cuerpo muerto.

—Katia.

Se sentó de golpe. Ann estaba allí, al otro lado de la puerta.

Se puso en pie, alisó el cabello con gesto maquinal y dijo:

—Pasa, Ann.

La anciana pasó. ¿Qué veía Ann en ella? ¿Por qué la seguía con los ojos todos aquellos días? ¿Qué adivinaba Ann, bajo su mueca de contenido dolor?

—¿Ocurre algo, Ann?

—Eso te pregunto yo a ti. Te pasas la vida cerrada en casa. Se diría que esta ciudad es para ti como un castigo.

—No, no... Claro que no.

La escrutaba con la mirada. Le hurtó los ojos. Si alguien podía penetrar en su verdadero yo, ese alguien sólo podía ser Ann.

—Tienes el caballo ensillado. ¿Adónde vas?

Las siete menos cuarto: Era su día.

—Voy... a dar un paseo. Me encanta sentir en el rostro la brisa del atardecer.

—Trato de comprenderte, Katia, pero no puedo. Es la primera vez que no te entiendo.

—¿Por qué no? —hizo un esfuerzo—. No hay nada que comprender, Ann.

—Eso es lo que me pregunto.

Iba a ser cruel con Ann. Tenía que serlo para evitar que siguiera ahondando.

—Por favor —dijo secamente—. Será mejor que vivas al margen de todo.

—¿Y qué es todo?

—Ann, te prohíbo que te inmiscuyas en mi vida privada. ¿Qué hay de malo en que no quiera ir con Peggy y Molly?

—No sé —cortó Ann, brevemente—. Es lo que me pregunto.

Y, rápidamente, dio la vuelta sobre sí misma, deslizándose pasillo abajo.

Estuvo a punto de ir tras ella. De apretarse en sus brazos, de refugiar su amargura en el noble pecho de la anciana amiga. Pero... si lo hiciera tendría que explicarle las causas de su súbita exaltación, de su subida hipersensibilidad, y ello sólo acarrearía mayores pesares y amarguras.

La dejó marchar. Lanzó una mirada al espejo. Había en su bello rostro como una rigidez inhumana.

—Espera.

Iniciaba el paso hacia la salida. Quedó rígida, de espaldas a él.

Paul dio la vuelta en torno a ella. Se cuadró en el umbral de la puerta.

No le miró. Sus ojos iban al frente, hacia la llanura aún bañada de sol. Pero lo tenía delante, y, quisiera o no, tenía que verle.

Fuerte, poderoso, posesivo. Ya lo conocía. Ya sabía de lo que era capaz. De todo.

Vestía pantalón de montar color canela. Altas polainas. Una camisa blanca, desabrochada, enseñando el pecho velludo y fuerte. La anudaba a la cintura. El color castaño claro de sus ojos, parecía metálico en aquel momento.

Bruscamente le asió los dedos. Se los apretó con violencia.

—Sigues siendo la altiva muchacha de siempre, pese a todo.

No contestó. Jamás pronunciaba una palabra. No creía posible que su pasividad, su mudo desprecio, pudieran complacer en algo a Paul Harris.

Tenía de ella sólo lo que había buscado.

—Me pregunto cómo serías tú si te enamoraras.

Y como ella permaneciera firme, esperando tener paso libre para salir, apretó aún más aquella mano. Inesperadamente, como si de súbito enloqueciera, tiró de ella y el busto de Katia cayó sobre él. La cerró contra sí. Con violencia, con fiereza, con odio mortal. Y, sin embargo, en sus ojos entornados para mirarla, en su boca crispada, había como una muda súplica.

Ella ya lo sabía. Sabía también que aquel hombre la amaba. Sabía que no podría pasar sin ella fácilmente. Sabía que todo el triunfo estaba en su mano, y aún así, se sentía, mezquina, sola, culpable.

Katia, del empellón, quedó incrustada en el marco, medio ladeada. Entonces le miró. Sus verdes ojos tenía como lucecitas de loca rebeldía.

—Tendrás que venir todos los días —gritó él, exasperado.

—No.

Rotunda. Como si en aquel instante dominara ella.

—¿Y si... te lo suplicara?

—Me reiría de su súplica.

—Ni siquiera he conseguido que me trates de tú. ¿Por qué? ¿Por qué, maldita sea?

—Porque le odiaré siempre, porque, pese a todo, jamás le asociaré a mi vida, porque un día me expondré a todo... y no volveré aquí. Porque prefiero morir a dar de mi persona ni un sólo suspiro espiritual. Es fácil vencer a su manera. Pero usted sabe muy bien... que no ha vencido. Sabe que estoy tan lejana como el primer día. Y sabe también que jamás conseguirá de mí lo que se propone.

—Eres débil —dijo sibilante—. Aunque luches contra esa debilidad, existe en ti. Eres mujer femenina. Cien por cien. No podrás olvidar fácilmente esta casita y lo que en ella ocurre.

—Sólo lo recordaré para maldecirla. Y usted, pese a cuanto alardea, necesita amor. No es cierto que no cree en él. Lo espera de mí. Lo necesita. Es para usted como una necesidad. Ya no le basta doblegarme. Necesita mi ternura, y ésa, Paul Harris, jamás podrá poseerla.

En los ojos masculinos centelleó una hoguera. Ya no había súplica en ellos, sino como una ira contenida, un orgullo varonil indoblegable.

La arrinconó en el marco, la asió el mentón, la besó mil veces hasta robarle la vida. Y cuando la vio triste y hundida, se apartó de ella y rió, con aquella risa que era como una bofetada.

—La altiva aristócrata —dijo como si mordiera—. ¿De qué te sirve tu aristocracia? ¿De qué le sirve a tu padre ser un sir Greenshaw? —la miró, desdeñoso—. Seguramente que aún ignoras por qué tu padre está aquí, ocupando un lugar que puede desempeñar cualquiera. ¿No lo sabes?

Se estremeció. ¿Él? ¿Fue él?

No quería. El sólo pensamiento de que su padre hubiera sido elegido por él para aquel empleo, la menguaba más.

—Sí —rió Paul odioso—. Sí, no me mires así. Te seguí aquella noche. No sé por qué. Quizá presintiendo que serías mi destino. Convencer a tu padre resultó aún más fácil. Ya ves, una sola palabra mía, y tu padre saldría del Banco y de esta ciudad como un apestado. Ten cuidado —la apuntó con el dedo enhiesto—. Mucho cuidado. No me irrites mucho, no tientes mi paciencia. Un día que me canses... tu padre saldrá de Watertown y nadie volverá a recordar a los desgraciados Greenshaw.

Huyó. Necesitaba aire. El dolor la ahogaba. Dio un salto y corrió hacia el potro.

Subió a él. Oyó su risa. En el bosque tenía un eco cruel. Aquella risa odiosa que llevaba en su sangre como un pecado mortal.

Ocho

Subió de dos en dos las escalinatas de la terraza, atravesó el vestíbulo y se dirigió a su alcoba. Aún no había regresado su padre. Ann andaba por la cocina. La doncella planchaba.

Como si la encendiera una febril ansiedad, se cambió de ropa. Se puso un modelo de tarde, escotado, sin mangas, atado a la cintura con una simple correa de cuero. Calzaba zapatos de altos tacones. Peinó el cabello hacia atrás, formando una corta melenita. Pintó los labios doloridos. Un rabito en los ojos, haciéndolos más rasgados. Se perfumó y lanzó una vaga mirada al espejo.

Necesitaba aturdirse. Pensar que nada había ocurrido. Que ella era una muchacha libre y feliz como Molly, como Jennifer y Peggy.

Iría a la fiesta de Arthur Lorys. Iría como las demás. Y ahogaría su dolor con fiereza y nadie notaría... que era una mujer deshecha.

El auto de su padre estaba ante el garaje. Subió a él sin un titubeo.

Al sentir el motor del auto, Ann salió casi corriendo. Quedó erguida en la terraza.

—Katia —se maravilló—. ¿Adónde vas tan guapa?

—A la fiesta de Arthur Lorys.

—Gracias a Dios, hijita. ¿Pero no es muy tarde? Van a dar las ocho y cuarto.

—Las fiestas se prolongan hasta las diez. Ocurre siempre. Adiós, Ann.

Soltó los frenos.

«No puedo llorar —susurró—. No debo llorar. Tengo que hacerme la valiente. Sólo así podré sobreponerme. Sólo así me sentiré un poco segura. Además... me he pintado los ojos. ¿Desde cuándo no me pinto los ojos?»

Un suspiro ancho estranguló su pecho. Apretó los labios. Sabían a los besos malditos de Paul Harris.

Cuando llegó al salón y recostó su figura en el umbral, todos los bailarines se detuvieron.

—Katia —gritaron a la vez, yendo a su lado—. Katia, has venido.

La rodearon. Por un instante se sintió casi feliz. La apreciaban. La esperaban. Su llegada era, o suponía, como un acontecimiento.

Kirt Hunter la asió del brazo.

—Bailarás conmigo. Que continúe la fiesta.

Arthur Lorys bailaba con su hermana. La enterneció aquel cuadro puro de un amor naciente, pero verdadero. Peggy parecía una frágil cosa entre los brazos fuertes de Arthur. Nunca los vio juntos hasta aquel instante. Sin duda Arthur amaba a su hermana. Era bastante mayor que ella, pero eso no importaba mucho. También su madre era mucho más joven que su padre, y, sin embargo... Lady Greenshaw falleció primero.

—Tendremos boda, Katia —dijo Kirt, siguiendo la trayectoria de sus ojos—. Arthur es un gran hombre. Peggy una deliciosa criatura. No me extrañaría nada que un día de éstos, Arthur Lorys pidiera la mano de tu hermana.

—Cómo corres tú...

—Es la verdad. Arthur me lo dijo ayer. Está loco por Peggy.

Iba a contestar. Quedó con la boca abierta. En el umbral se cuadraba la elegante figura del sádico.

Vestía un traje gris impecable. Zapatos negros, camisa blanca. Penetraba hondo, con aquella su mirada impasible, de un color castaño claro.

A su pesar hubo de reconocer que era el hombre más atractivo de la fiesta.

Seguía allí, mirándolo todo. Sin duda aún no la había visto. Ella esperaba. Bailaba como un autómata y a la vez... esperaba que los castaños ojos se detuvieran en ella.

Se detuvieron al fin. Notó el asombro, el pasmo, la ira, la rabia... Todo se reflejó por un segundo en aquellas pupilas.

Inmediatamente después quedó impasible. Se diría que nada ni nadie le llamaba la atención. Pero ella, que lo conocía, sabía la ira que acumulaba en la impasibilidad de su semblante.

Vio cómo Peggy y Arthur se le acercaban. Arthur le abrazaba. Peggy sonreía feliz.

Cesó la música en aquel instante. Kirt no parecía dispuesto a dejarla. Otros hombres se acercaron con intención de llevársela, pero Kirt lo impidió.

Presintió que Paul no iba a quedarse allí, plantado junto a la puerta, con las manos en los bolsillos, contemplando el conjunto con indolencia. La música iniciaba en aquel momento nuevos compases.

Se estremeció de pies a cabeza.

Paul avanzaba. Ya estaba allí, rígido junto a ellos.

—Supongo, Kirt, que me dejarás tu pareja por una vez.

—Claro que no, Paul.

Ella sentía vergüenza. Una desesperada vergüenza. Saber el lazo que la unía a aquel hombre y saber a la vez que en aquel instante estaba siendo el blanco de todas las miradas la turbaba.

Trató de sonreír.

—Vamos, Kirt —rió Paul, de aquel modo que apabullaba a uno—. Es la primera vez que te piso la pareja.

—Pues por mí no, demonio —se negó Kurt, enojado—. Tendrá que decidirlo Katia.

La miró. La joven sintió aquellos ojos en los suyos como una amenaza.

Había ido allí para olvidar su triste destino. Casi lo estaba consiguiendo, y de pronto aquella presencia, que era como si su pecado despertara y le dañara la conciencia.

—¿Qué dices tú, Katia? —preguntó él, sin abrir los labios.

—Estoy... —le hurtó los ojos. Sentía rubor en las mejillas. Sentíase cohibida por primera vez, turbada hasta lo indecible—. Estoy bailando con Kirt.

—Está bien.

Dio la vuelta sobre sí mismo. Se alejó a paso corto, sin quitar las manos de los bolsillos, con aquella su indolencia, que lo hacía más poderoso.

No se detuvo en el umbral. Siguió adelante. Arthur fue tras él.

—Paul... busca otra chica —dijo.

—No... Era... una broma.

Lo oyeron todos. Nadie dio importancia al incidente. Nadie conocía a Paul lo bastante para considerar que aquel incidente lo hería.

Una doncella dijo desde el umbral, no muchos minutos después:

—Llaman a la señorita Katia por teléfono.

Kirt la soltó.

—Voy contigo.

Ella sentía fuego en el rostro. Sabía quién era. El dominador no cedía su presa así como así. Iría. Sabía que, de no hacerlo, era muy capaz de presentarse de nuevo en el salón, asirla de la mano y llevársela a rastras. Ellos, todos aquellos, consideraban a Paul Harris un ser pacífico. Ella no. Ella lo conocía tal como era.

—No te molestes, Kirt —dijo con un hilo de voz—. Debe ser papá. Tendré que volver a casa.

¿Ahora? ¿Por qué?

—Seguramente papá me necesita.

Kirt se enojó.

—No hay derecho... a que te sojuzguen así.

—No me sojuzgan —sonrió suavemente—. Me gusta que papá me necesite.

Salió antes que él pudiera contestar. La doncella esperaba en el vestíbulo. Le indicó el teléfono.

Asió el auricular con dedos temblorosos.

Un día iba a cansarse. Un día tendría que mandar todo aquello al diablo. Un día tendría que visitar una iglesia, referirlo todo... y respirar tranquila.

Ella no tenía madera de mujer frívola. Ella era una mujer decente. Y si un día se enamoraba de él y perdía su valor, pediría la muerte.

«Me conservaré pura a pesar de todo», pensó.

—Diga.

—Sal de ahí inmediatamente.

—No tiene derecho...

—Sal de ahí, te digo —gritó la voz descompuesta, al otro lado—. Y que esto no vuelva a ocurrir, ¿me oyes? Sal de ahí. Voy hacia tu casa. Voy a visitar a tu padre —la voz se hizo suavísima—. Una simple visita de cortesía —duro otra vez el acento—. Quiero verte en casa cuando llegue. Te doy justo cinco minutos.

Asió el auricular con las dos manos. Iba a gritar ella también. Iba a decir: «No, no, mil veces no. No tiene derecho a dominarme así. Le concedo una hora de un día a la semana. No más. Es mi deuda con usted».

Pero supo que todo sería en vano.

Soltó el auricular sin responder. La doncella la miraba asombrada.

—¿Alguna mala noticia, señorita Katia?

Alzó los ojos. La envolvió en una vaga mirada que no decía nada.

Sonrió tristemente.

—No, Ruth... Tengo... tengo que marchar. Despídame de mis amigos.

Se alejó como un autómata. La doncella corrió tras ella con la chaqueta en la mano.

—Se le olvida, señorita Katia.

La tomó entre sus dedos. La estrujó.

—Gracias, Ruth...

Caminó calle abajo. Le pesaban los pies.

«Estoy presa. Soy un ser débil, tenía él razón. Pero no temo por mí. ¡Oh, no! Sé de lo que es capaz ese hombre...»

De súbito se detuvo.

—No —gritó—. No puedo seguir así. Estoy condenada y a la vez... ¡Dios mío! A la vez voy a condenar a mi propia familia. No tiene derecho...

Bruscamente giró en redondo. De pronto sentía en ella un loco deseo de desahogarse. De decirlo todo, de hablar hasta agotarse, hasta limpiar su alma de pecado. No podía más. Ella no era una mala mujer. Era una mujer honrada, pura. Aquel pecado que llevaba sobre sí pesaba cada día más.

No pensó en su padre. Ni en sus hermanos, ni en la ciudad de Watertown y sus comentarios. Pensó en su alma.

Cruzó la calle. Se adentró en una calleja. Se detuvo ante un templo. Entró. Hacía mucho tiempo que iba allí en pecado mortal. Ya no más.

Fue directamente a un confesionario.

Se arrodilló.

Empezó a hablar. A borbotones. Como si tuviera miedo a detenerse.

—Dios nos ampare —se asustó el sacerdote católico—. Dios te perdone, hija mía.

Ya casi no tenía aliento. La voz se debilitaba por momentos. Y después quedó allí arrodillada, triste, pero alegre al mismo tiempo. Con una alegría íntima, honda, que lo bañaba todo, que la cubría de gracia.

—Nunca más —dijo él—. Nunca más.

—Nunca, padre. Se lo prometo.

—Pase lo que pase.

—Pase lo que pase —dijo con firmeza.

Pero ella no imaginaba siquiera lo que iba a pasar...

Atravesó el jardín. Se diría que, de pronto, algo flotaba en sus pies, como si tuvieran alas. No tenía miedo. A nadie. Ni a sí misma ni a Paul. Todo era distinto. Una diáfana sonrisa le abría el semblante. Sentía en sí el consuelo de aquella gracia divina. Ya no más pesadillas. Aguardarlo todo, sin temor. Ocurriera lo que ocurriera.

Paul Harris no podría ofenderla nunca más, ni sojuzgarla. Todo sería muy distinto.

Llegó a casa y empezó a gritar:

—¡Papá, papá!

Era otra su voz. Como si de pronto miles de campanitas repicaran alegremente dentro de ella.

No salió papá a su encuentro. Salió Ann.

—¿Qué te pasa, locuela? ¿Y ese humor? ¿De dónde vienes? ¡Qué semblante más feliz...! —la escrutó con la mirada—. ¿Qué te han dado por ahí?

Pudo decir: «La gracia divina de Dios y mi conciencia que se ha desahogado. Lo he dicho todo. Me siento, me siento... como si fuera otra».

Pero no lo dijo.

Suavemente preguntó tan solo:

—¿Y papá?

—No ha venido aún. No tardará.

—No... —titubeó—. ¿No ha venido ninguna visita?

—No. Has llevado el auto de tu padre, Katia. ¿Dónde lo has dejado?

—¡Oh, es cierto! Llamaré a Peggy por teléfono. Le diré que lo traiga ella. Dejé las llaves de contacto puestas.

Corrió hacia la salita. Ann meneó la cabeza y se retiró a sus dominios. Estaba preparando la comida.

Al rato oyéronse pasos en la terraza, y el característico ruido del bastón de su padre.

Corrió a su encuentro.

—Katia, ya estás de vuelta. Si me han dicho que estabas en la fiesta de mister Lorys.

—He vuelto. Oye, papá. Estoy pensando algo. Desde el otro día no dejo de pensar en ello. Me refiero a la venta da nuestra mansión de Nueva York.

—¿Y bien?

—Siéntate. Ponte cómodo. ¿Te traigo las zapatillas?

La contempló unos segundos, enternecido.

—Si un día te casas, Katia, y supongo que te casarás, harás muy feliz a tu marido.

¡Casarse! ¡Como si ella pudiera casarse nunca! Todas sus ilusiones de mujer se habían desvanecido al respecto. Todos sus sueños, todos sus anhelos...

¡Si su padre supiera! Pero no, papá quizá no lo supiera nunca. O sí. Paul Harris era un ser que no perdonaba. Además... ahora ya sabía que la necesitaba tanto como la propia vida. Podía alardear de indiferente e invulnerable. Para su amor no lo era. Que no luchara. Todo sería inútil. Estaba segura de que la llevaba en la sangre, clavada como la savia de su misma vida.

—Oye, papá —insistió, cuando el caballero estuvo confortablemente instalado en una butaca—. Vende la mansión. Debes invertir todo ese capital en el banco cuanto antes.

—¿Y por qué?

—Debes hacerlo. No sé por qué... Es como un presentimiento.

Lo era. Si su padre invertía el capital producto de la mansión en el banco, Paul Harris nunca podría hacer fuerza con sus socios para despedir al director. Era preciso, pues, que su padre hiciera aquello cuanto antes.

Sir Greenshaw se echó a reír, cariñoso.

—Lo pensaré, Katia. Tú vive tranquila y muy al margen de todo esto. Eres muy joven. A veces, cuando me detengo a pensar en ti, me digo que aún no has vivido nada. Eres tan prudente, tan modosa, tan discreta. No se puede ser tan seria, hijita. Fíjate en tu hermana. Es menor que tú y me parece..., me parece que pronto tendremos boda. No voy a oponerme, ¿sabes? Arthur Lorys es una gran persona. Tiene el suficiente sentido común para aplacar un poco el exaltado temperamento de tu hermana.

Fue en aquel instante cuando sonó el timbre.

—Llaman a la puerta, Katia —dijo el caballero—. Ve a abrir tú. Ann está enfrascada en la cocina y la doncella andaba recogiendo ropa al otro lado del parque cuando yo llegué.

Se puso en pie como un autómata. Sabía quién era. Dudarlo... no era posible.

Caminó despacio, como si le pesaran los pies. No podía dejarse vencer por el abatimiento. Iba a decírselo todo. «No volveré a la casita del bosque. Nunca más.»

Por primera vez sintió una extraña turbación. No pudo evitar que la turbación de su intimidad con aquel hombre la desarmara por un instante. Pero era valiente.

Alzó la cabeza, apresuró el paso y abrió.

Él estaba allí. Sonriente, felino, como si jamás hubiese hecho nada malo a nadie. El hombre, ante su puerta, produjo en ella no un sobresalto, sino, también, una intensa rebeldía.

—¿Qué quieres?

Él se la quedó mirando extrañamente, con los párpados ocultando un poco el brillo inusitado de su mirada.

—Me... me has tratado de tú —dijo de un modo raro—. De tú...

Ella se mordió los labios. Pudo rectificar en el momento, pero... ¿para qué? ¿De qué iba a servir? ¿No era, además, un poco ridículo aquel tratamiento de usted, cuando tantos lazos pecadores los unían?

—No voy a darte paso —dijo sin responder.

Empezaba a oscurecer.

Por toda respuesta, Paul asió sus dedos, tiró de ella y la sacó a la terraza.

—Sé que tu padre ha llegado. No pienso entrar mientras no hable contigo. Vamos a dar una vuelta por el jardín.

—No.

La empujó con fiereza.

—Pasa delante de mí.

Tuvo que pasar o provocar un escándalo.

Pasó y cruzó el jardín, sin volver la cabeza. Sentía los pasos de él pegados a sus talones. Cuando estuvo al otro lado del macizo, los dos se detuvieron. Dieron la vuelta a la vez. Frente a frente, se midieron con la mirada. La de él era suave, mansa, extrañamente mansa.

La de Katia brillante, resuelta a todo.

Hubo un silencio. Paul, con cuidado, fue arrancando hojas pequeñísimas del macizo y las dejó escurrir por entre sus dedos entreabiertos. Se diría que jugaba a exasperarla. A juzgar por su aspecto apacible, la voz que iba a salir de sus labios sería tan mansa como su aspecto. Pero no fue así. Sonó en la quietud del parque, sorda, brava, como un trallazo.

—No vuelvas a salir de casa para ir a bailar con ésos.

—Son caballeros. Haré lo que me dé la gana. Ya no podrás seguir dominando la situación.

—Me duele, ¿me oyes? Me duele. No puedo soportar que otro hombre toque... lo que yo toco.

—¡Cállate!

—¿Lo oyes? No lo puedo soportar.

—Te duele... Quiero que te duela. Por primera vez en mi vida siento como un deseo perverso de hacerte daño. Tanto... como tú me has hecho a mí.

La mano de Paul dejó de escurrir pequeñas hojitas. Se cerró con violencia, se separó de su cuerpo y apretó los dedos femeninos, oprimiéndolos hasta que un «¡ay!» de dolor afluyó a sus labios.

Inmediatamente la soltó.

—Debo necesitarte mucho —dijo él, aplastando la palma abierta contra el macizo. Se hundió. Volvió a emerger, más crispada aún. Se notaba que trataba de dominarse—. Debo desearte sólo para mí, porque esta tarde... creí enloquecer al verte junto a ésos. No lo vuelvas a hacer. Soy... soy capaz de todo.

—Nunca corresponderé a tus sentimientos.

—Lo sé.

—¿Y te basta tenerme sin amor?

—Es tenerte. Y necesito tenerte.

—Ése será tu castigo. Nadie podrá gozar tanto como yo gozaré sabiendo que sufres. Al fin sabrás lo que es sufrir. Has pisoteado la dignidad de todos, y sobre todo la mía. Sólo por capricho. Sólo por vengar no sé qué. Tendrás que sufrir, Paul Harris, porque en adelante, ocurra lo que ocurra, pase lo que pase, hagas lo que hagas... yo no volveré allí. Nunca más. ¿Me entiendes bien? Nunca más.

Esperaba un estallido. Cosa extraña. Él se amansó. Dejó de manosear los macizos. Llevó la mano al pelo y lo alisó con gesto maquinal, como si de súbito aquel movimiento fuera un desahogo.

—Vamos... a saludar a tu padre.

La extrañó aquella afabilidad. ¡Qué facilidad tenía aquel hombre para dar a su semblante la expresión de un sádico, o la ternura de un enamorado!

Giró en redondo. Si deseaba visitar a su padre, que lo hiciera. Si deseaba decirte todo cuanto sabía de ella, que lo hiciera. Si la mataba, que la matase. Pero ir allí, nunca más, pasara lo que pasara.

Caminó. Volvió a sentir sus pasos. Ligeros, pero sin prisas. Los pasos de un hombre decidido, sin arrebatos.

Cruzaron el jardín sin cambiar una sola frase.

Al llegar a lo alto de la terraza, él se detuvo, encendió un cigarrillo y sacudió el fósforo, tirándolo lejos de sí con un movimiento ágil.

Después la asió del brazo. Sin fiereza, suavemente.

Se inclinó hacia ella.

—Estás... muy guapa.

Era extraño, desconcertante. Se soltó con rabia. Quedó temblando junto a él.

—Me agrada sentirte temblar. Eres... como una niña temerosa.

—Soy una mujer.

Lo dijo con intensidad, casi sin abrir los labios. Le temblaron éstos. Él los miraba cegador, ansiosamente.

—No me mires así —dijo turbada.

—Un día —exclamó él de repente— te enamorarás de mí. Sabré cómo eres en realidad. Me gozaré en contemplarte.

—Cállate.

—Lo sabes. ¿Verdad que lo sabes? Te enamorarás de mí.

Traspuso el umbral como si alguien condenado la persiguiera.

Paul no se apresuró. Lanzó el cigarrillo lejos de sí y la siguió despacio.

Nueve

—¡Hombre! —exclamó sir Greenshaw al ver a Paul—. Está usted ahí. Pase, pase, Paul. Véngase a tomar una copa conmigo.

Y entonces ocurrió algo que estremeció a Katia de pies a cabeza. Supo porque él no se alteró cuando le dijo que no volvería a la casita. Comprendió la mansedumbre de su semblante, y el suave sonido, casi melifluo, de su voz.

Y supo, Dios de los cielos, que no iba a poder negarse. Que él la tenía metida en una encerrona y que hablar en aquellos instantes podía provocar un escándalo y cubrir de vergüenza a su padre.

—Katia y yo —dijo Paul con aquella mansedumbre que ya no engañaba a la joven— nos amamos. Hemos pensado casarnos —y con todo el cinismo, pasó un brazo por la cintura de la muchacha. La sintió rebelde, crispada. Pero, como si no hiciera nada, clavó sus uñas en aquel cuerpo y lo retuvo pegado al suyo—. No nos hemos atrevido a decirle nada hasta ahora. Nos hemos citado aquí... ¿verdad, querida? —Katia parpadeó. Le creía capaz de todo, pero no de aquello—, para hablar con usted. Supongo, sir Greenshaw, que no tendrá objeción que oponer. Usted me conoce. No voy a hacerle el panegírico de mi persona, porque... —y aquí sonrió modestamente— harto estará usted de oír a sus amigos y convecinos hablar de mí —como Katia se agitara en sus brazos, dispuesta a huir, la miró con fingida ternura—. Querida, no te turbes. Vas a ser mi mujer. ¿Qué de particular tiene que ante tu padre te tenga sujeta así?

Sir Greenshaw, radiante, se puso en pie y fue hacia ellos.

—Muchachos, debisteis decírmelo antes.

—Es que Katia me lo prohibió —sonrió Paul conteniendo el aluvión de palabras que parecía iba a pronunciar la joven—. Si usted no tiene inconveniente, hemos pensado casarnos cuanto antes. Estáte quieta, querida. ¿Por qué te pones nerviosa?

Estuvo a punto de pisarle el pie, de arañarlo, de maldecirlo en voz alta. Porque íntimamente lo maldecía ya. Estaba llorando sin lágrimas, como si de repente todo en ella se secara, como si algo ardiente le prensara la boca.

—Suéltame —dijo ahogadamente—. Suéltame.

Él debió de tener miedo aún de que hablara. De que desmintiera cuanto él había dicho, porque la sujetó con más fuerza y dijo, con un acento tan suave que casi causaba pavor:

—Nos hemos conocido en Nueva York...

¿Qué iba a decir?

Se volvió hacia él. Lo miró, suplicante. Sir Greenshaw no se fijó en aquel cambio de miradas. Era padre. Casar a su hija con un hombre tan respetable como Paul Harris era más de lo que un padre puede esperar para sus hijos.

Paul entendió la súplica. Sonrió triunfal.

—Deseamos casarnos pronto.

Y entonces la soltó. Ella quedó jadeante, agarrada al respaldo del sofá. Sir Greenshaw se aproximó, la miró con ternura infinita.

—Cuando queráis, Paul. Katia, deja que te mire. Lo tenías tan callado. Me alegro, hija mía. Me alegro mucho.

—Papá... yo...

Paul volvió a acercarse. Esta vez le sujetó la mano. Puso la suya sobre los dedos que se crispaban en el respaldo del sofá.

—Katia está muy emocionada —la miró de forma rara. Ella supo que la estaba amenazando—. Será mejor que subas un rato a descansar, querida.

—¿No puedo... hablar contigo antes?

—Después.

Rotundo. Sir Greenshaw sonrió, enternecido.

—Me parece, Paul, que Katia no deseaba que soltaras la noticia así, tan de pronto.

Katia no pudo más. Inesperadamente giró en redondo y a paso vacilante se dirigió a la puerta del salón.

—Será mejor que vayas tras ella, Paul —sonrió comprensivo el caballero, sin admitir, por supuesto, las razones que tenía su hija para comportarse tan extrañamente.

Paul no se hizo repetir la sugerencia. Salió tras ella y la alcanzó en mitad del pasillo, casi a la puerta de la biblioteca.

La empujó hacia dentro. Penetró tras ella y quedó con la espalda pegada a la madera, mirándola fijamente.

—Eres el ser más ruin y más odioso de cuantos he conocido —dijo ella, casi sin abrir los labios.

Se endurecieron los ojos masculinos.

—¿Porque te pido en matrimonio? Debes estarme agradecida.

—Me pregunto qué daño te hice para que te cebes así en mí.

La contempló de modo indefinible.

Por un instante, ella creyó que iba a insultarle, pero una vez más se equivocó. La voz de Paul Harris sonó suave como una caricia.

—No soy hombre que soporte situaciones como ésta. Me agradabas. Debo amarte. A mi modo... Pasar sin ti sería un sacrificio que no podría soportar. Tampoco puedo soportar polémicas a causa de asuntos tan poco trascendentes. Una boda nunca es más que una boda... —ladeó un poco la cabeza—. ¿Para qué luchar contra imposibles? Tu destino es ser mía. Ahí tienes la razón por la cual pedí tu mano a sir Greenshaw. Y lo extraño es que tú no estés satisfecha —añadió, entre cínico y vanidoso—. Ya lo has visto por ti misma. Tu padre se considera el hombre más feliz del mundo sólo porque tú y yo nos vamos a casar —alzó la mano. La extendió, señalando a la joven con el dedo enhiesto—. No habrá nadie que me aparte de tu destino, Katia. No luches contra él; todo será inútil. Ah, y si estabas dispuesta a negarte, dilo, porque me apresuraré a decir a tu padre cuanto sé sobre ti.

—Eres más canalla aún de lo que consideré en un principio.

Él sonrió tan sólo.

Katia se alejó hacia el ventanal. Tenía los ojos brillantes y un rictus rebelde en los labios. Pero sabía que de nada iba a servirle dilatar más aquella conversación. Lo conocía bien. No ignoraba que cuanto ella dijera o hiciera sería inútil.

—No te amaré nunca —dijo roncamente, retorciendo una mano contra otra.

Oyó su respiración. Lo sintió cerquísima de sí.

No se movió. En aquel instante tuvo miedo de sí misma. Estaba turbada, loca de desesperación y de vergüenza.

—No sé lo que ocurrirá entre los dos, Katia —dijo él, gravemente, inclinándose más hacia su cuello—. Pero sí sé que yo voy a desearte, y que tu amor... no me será preciso para ser feliz junto a ti.

—Careces de toda sensibilidad —gritó Katia, a punto de llorar.

Súbitamente, él la volvió en sus brazos. Ella echó la cabeza hacia atrás. Hubo un centelleo en los ojos de ambos.

—No te muevas.

—Suéltame.

Hubo como un aleteo en los bonitos ojos verdes.

Él dijo sordamente:

—Ciérralos.

No lo hizo.

Suplicante:

—Ciérralos. No me mires. No me acuses en este instante.

No los cerró. Eran aquellos verdes ojos fijos en él, como acusadores reproches vivos.

Sobre sus labios, él susurró:

—Serás mi mujer. Lo demás... no importa ya.

Caminó hacia a puerta. Cosa extraña. Parecía menguado. Pero al llegar al umbral, alzó la cabeza. La miró fijamente, a distancia.

—Nos casaremos dentro de una semana. Aquí, en Watertown. Voy a tratar de ello con tu padre.

—¿Y si me niego? —retó.

La miró otra vez. Ella quedó paralizada, bajo aquellos ojos que parecían desnudarle el alma y el cuerpo.

Hubo un titubeo en él. Después...

—No presumas de heroína. Al fin y al cabo, no eres más que una mujer. Y si hay un hombre que pueda llegar al fondo de tu ser, ese hombre soy yo. Lo sabes tan bien como yo mismo.

Se estremeció de pies a cabeza. Roja como la grana, desvió los ojos.

Él salió sin pronunciar otra palabra.

Cuando horas después Peggy lo supo, empezó a saltar como una loca.

—¡Cielos! —gritaba—. Si yo también me voy a casar. Yo también...

Anochecía.

Katia lanzó el cigarrillo por el ventanal, hacia el jardín.

Sentada en una cómoda butaca, con la cabeza apoyada en el respaldo, los ojos semicerrados, permaneció un buen rato. Después se puso en pie.

Buscó en la caja de fina madera de ébano otro cigarrillo. Lo encendió con dedos nerviosos.

Estaba allí, en casa de su marido.

Dos meses ya desde aquella triste mañana de su matrimonio.

Una mueca indefinible distendió su boca. Miró en torno. La regia mansión de Paul Harris a sus pies. La ciudad de Watertown admirándola y envidiándola. Sonrió, desdeñosa.

«No soy una mujer feliz, susurró. Soy una desgraciada estúpida.»

Su padre la consideraba feliz. Se sentía satisfecho de sí mismo.

Peggy prometida de Arthur Lorys, y ella casada con el hombre más rico y más influyente de la ciudad. Según él, había sido una suerte arribar a Watertown. Puede que lo fuera para su tranquilidad de padre, incluso para Peggy, que iba a ser feliz con el hombre que amaba. Quizá para Curd, que parecía dispuesto a ponerse en relaciones con Jennifer Berger. Pero para ella...

Retrocedió. Buscó la penumbra en el rincón opuesto de la biblioteca.

Se hundió en un sofá.

Casi sin querer evocó aquellos dos meses pasados, desde el día de su boda.

Se celebró en la iglesia mayor. Invitados por docenas. Gentes de Nueva York, de todos los contornos...

Ella vestida de blanco. ¡Qué ironía! Hasta llevaba un ramo de azahar. Era como una mofa, como una burla.

Oyó el sí vibrante de Paul. Sin una vacilación. El de ella se dejó esperar unos segundos. Estuvo a punto de gritar allí mismo, de referirlo todo. Pero pensó en su padre; en sus hermanos. Ellos no tenían la culpa de su irreflexibilidad.

Después, todo fue como un sueño. Un sueño absurdo, que producía un gran dolor. Se vio en el auto de Paul, con éste a su lado. Era el mismo de siempre, pero había en el fondo de las pupilas como una callada súplica que su gran personalidad le impedía pronunciar.

No sirvió de nada. Ella no perdonaría nunca. No era mujer, al menos, que supiera olvidar las afrentas.

Un hotel. ¿Dónde? ¡Qué más daba! Y su luna de miel cargada de pesares. La tomó como si estuviera hambriento de ella. Ya le conocía. Sabía su forma de besar y de poseer... Era como una bestia.

Un mes por el mundo, luchando contra aquel monstruo, sin palabras, como si pronunciarlas hubiera sido una concesión.

Muda, hosca, indiferente. Un mueble que Paul empujaba a su antojo. Pero esto, para un hombre como Paul, no bastaba. Ella lo sabía.

Silenciosamente se gozaba en aquella muda desesperación doblegada de él. «Te has casado conmigo, pero yo, mi yo verdadero, sigue siendo mío.»

Al principio se diría que a él no le interesaba la sensibilidad femenina. Ahora sí. Se iba dando cuenta poco a poco de lo mucho que su indiferencia le hería.

Oyó pasos. Su pensamiento se detuvo.

Entrecerró los ojos.

Vestía un modelo de hilo color beige. Blusa teja. Calzaba altos zapatos. Peinaba el cabello formando una melenita corta, cayendo un poco por la mejilla. Lo retiró maquinalmente.

Resultaba de una delicadeza casi quebradiza.

Él entró.

Miró a un lado y a otro, como buscándola.

—Katia... ¿dónde estás?

Ella salió del fondo del sillón.

No dijo: «Estoy aquí». No. Él la vio. Se la quedó mirando con los párpados un poco entornados, ladeada la cabeza. Ya conocía en él hasta la forma de respirar. Por eso supo que en aquel instante estaba airado. Pero al mismo tiempo deseoso de tomarla en sus brazos.

—No has salido en toda la tarde —dijo, sin preguntar.

Katia permaneció rígida. No había vida en sus ojos, ni en sus labios, ni siquiera en sus manos, caídas inertes a lo largo del cuerpo.

Él se aproximó.

—¿No has salido?

—No.

—¿Qué has hecho?

—¿Y qué importa?

—Importa. A mí me importa. Estuve todo el día lejos de casa.

—¡Qué más da!

—Eres... como una piedra.

No respondió.

—Un día... va a dolerte la decisión que tomes, Katia —la soltó. La dominó con su alta falla—. ¿No has pensado en ello?

—No.

—Eres mujer. Sentirás celos cuando vaya a dar a otra lo que ahora te doy a ti.

—A mí... no me das nada.

—Te mataría.

—Ya me has matado.

—¿Siempre así? ¿Es que no tengo derecho a sentir el amor de mi mujer?

—¿Por qué has de sentir algo que no existe?

Creyó que iba a estallar. Pero no. Bruscamente, inesperadamente, giró sobre sus talones y se dirigió a la puerta.

Cerró con golpe seco. Los cuadros colgados de las paredes se estremecieron. Ella no. Estaba endurecida.

A fuerza de soportar aquellas vejaciones, ya no creía tener ni sensibilidad.

Oyó sus pasos subir las escaleras. Cruzar despacio el pasillo. Oyó el ruido de la puerta al abrirse. Se hizo la dormida. Alguna vez daba buenos resultados.

Era un suplicio vivir así. A veces creía que él no necesitaba su ternura ni su amor ni su sensibilidad, pero otras la pedía sin palabras, ansiosamente.

Era su venganza.

Vio su sombra avanzar. Él, tan poderoso, en aquel instante, en la penumbra, le pareció un hombre hundido. Y por primera vez se preguntó qué sentía ella por Paul Harris.

Odio. Un odio mortal. Amor, no. Nunca podría sentir amor por un hombre que la obligó a avergonzarse de sí misma.

Y su padre creía que era feliz. Y las gentes de la ciudad de Watertown la envidiaban y la ponían de ejemplo.

«Ésos sí que son felices.»

Nunca salieron juntos. Nunca quiso dar un solo paso por la calle en su compañía. Sabía lo mucho que esto le hería. Lo merecía todo.

—No estás dormida.

Un estremecimiento la recorrió de pies a cabeza. Debido a sus pensamientos, se olvidó de que él estaba allí, inclinado sobre ella.

No respondió.

—Katia.

Silencio.

—Eres dura.

La misma respuesta.

—¿Cuántos días así?

Las manos masculinas la buscaron. Se hundieron en sus hombros, rodaron lentamente. No pudo más. Ocurría alguna vez. Que ella se exasperaba y saltaba del lecho. Se envolvía en la bata e iba a sentarse junto al ventanal abierto.

Fina, exquisita, oliendo a aquel perfume que él llevaba como una llaga clavada en su ser.

Saltó del lecho. Buscó la bata. Cubrió su cuerpo y apretó los brazos contra la fina tela de la bata. Descalza se acercó al ventanal. Miró ante sí. Un convulso temblor la agitaba.

—¡De qué modo te repugno! —dijo él sordamente, sin moverse.

Ya no parecía el hombre arrogante, desafiador, poderoso. En aquel instante, quizá sólo por un momento, pues le pasaba en seguida su languidez, parecía un pobre hombre hundido y desesperado.

—Mucho —dijo ella, sin volverse.

—Y no hay forma de dar marcha atrás.

—No la des. Perderías el tiempo.

—Ya... ni me temes.

Le temía, sí. Temía sus arrebatos, sus apasionamientos y también... sus ternuras. Tierno era mucho más peligroso que arrebatado.

Pero él, gracias a Dios, no lo sabía.

—No te das cuenta de la forma en que destruyes un matrimonio.

Se volvió, sin violencia. Había como una hiriente displicencia en sus labios.

—Un matrimonio que nunca deseé.

—Y no te das cuenta que de no haberme casado contigo jamás te hubieras casado con otro.

—Nunca medí el matrimonio como recurso. Si no me hubiese casado contigo no me hubiese casado con nadie.

—Mientes. Te doblegas, pero eres mujer apasionada. Muy poco tendría yo que conocer a las mujeres si, tras conocerte a ti, te considerara un ser pasivo.

No contestó. Apretó los labios. Sintió como un tenue rubor subía a sus mejillas. La poca luz ocultó aquel arrebol inesperado.

—Un día voy a dejarte —dijo él, mascando cada palabra—. Voy a buscar otra mujer. Eso te dolerá. Como nada te ha dolido aún. No sabes lo que es eso. Esperar a un hombre que crees que te pertenece e imaginarlo en brazos de otra mujer.

Nunca pensó en ello. Al pensarlo en aquel instante sintió como si le arrancaran las entrañas.

Se dominó. No quiso admitir que le dolería. Audaz, gritó:

—Prueba. Mi desprecio aún será mayor.

—Tienes demasiada personalidad para ser mujer.

—La que tú no has podido doblegar, pese a tus canalladas.

Se acercaba a ella. Despacio. Como si le causara placer aquella lentitud.

De súbito la agarró por el brazo. La acercó a su costado. Se inclinó sobre ella. Le rozó la boca.

—Eres sensible —dijo bajo—. Y te gozas en parecer lo contrario. Me gustaría llegar a tu sensibilidad. Sí, me gustaría mucho. Pero si tú te empeñas en cerrarte en ti misma, tanto peor para ti... Eres mi mujer. Yo te amo.

A mi manera, si quieres. Pero te amo, de eso estoy bien seguro.

La empujó hacia el lecho. Se inclinó hacia ella. Empezó a besarla en silencio, con aquella ternura que empequeñecía a Katia Greenshaw.

Esto ocurría casi todos los días.

Diez

No lo vio por la mañana. Dejó su huella en la almohada. Se tiró del lecho y se perdió en el baño. Se vistió con pantalones negros, muy estrechos. Era la primera vez que se vestía de hombre desde que se casó.

Un suéter perfilando el busto. Peinó su cabello hacia atrás, y sin pintura en el rostro, calzando unos simples mocasines, se deslizó escalera abajo.

El cubierto para su desayuno estaba sobre la mesa del comedor pequeño. No variaba nada. Todo era igual que siempre.

Sólo ella era diferente. Porque diferente era Paul para poseerla. Unas veces arrebatado, sin consideración, y otras tierno como un sentimental. Nunca podría conocerlo bien. Paul Harris siempre sería un hombre desconcertante. El hombre de las sorpresas, pero, de cualquier forma, para ella siempre odioso.

Rompiendo la monotonía de los días, había sobre su plato un papel. Lo asió. Lo leyó de un tirón.

«Si Curd va a verme, dile que no. Basta eso. Él ya sabe a qué me refiero.»

Sólo eso.

¿Curd? ¿Qué deseaba Curd de su marido? Eran buenos amigos. Casi siempre andaban juntos por el bosque,

cazando. Sin duda alguna, Curd admiraba a su cuñado...
¡Si lo conociera realmente!

Pero no, nadie lo conocía como ella.

Desayunó, rompió el papel en miles de pedazos.

Salió a la terraza. Más tarde tomaría el auto e iría a ver
a su padre. Le agradaba charlar con él, lo quería más que
nunca.

Peggy se casaba a finales de verano, antes de que Curd
se reintegrara a la universidad. Peggy sería feliz. Era todo muy distinto.

Vio a Curd atravesar la calle y empujar la alta y ancha
cancela.

—Katia —llamó desde lejos—. Katia, mucho ma-
drugas.

Corría a su lado. La besó en ambas mejillas.

—Estás más guapa cada día —ponderó el hermano.

—Loco. Te lo parece a ti. Ven, siéntate. ¿Quieres tomar algo?

—Acabo de levantarme y desayunar. Ann no me deja salir sin tomar mi zumo y mermelada.

—¡Querida Ann! —susurró Katia, nostálgica—. Siempre fue para nosotros como una madre.

Ambos se sintieron enternecidos.

Curd fue el primero en sacudir la cabeza, como des-
pejando ésta de pensamientos sentimentales.

—Oye, ¿no está tu marido?

—Ha salido muy temprano. Posiblemente no vuelva
hasta la hora de comer.

—¿No dejó nada para mí?

—Sí, un papel en el que me decía que te comunicara
que no. ¿Qué le has pedido?

Curd se derrumbó en una butaca y suspiró resignado.

—Bueno, a tu marido no hay quien lo entienda. Ayer se lo pedimos en el círculo. Dijo que sí. Y hoy... cuando yo esperaba que me diera la llave, me dice que no. ¿Qué le hizo cambiar de opinión? ¿Acaso tú, Katia?

—No sé de qué me hablas. Paul no me dijo nada respecto a ti y a tus amigos.

—Verás. Tenemos organizada para el domingo una cacería de mentirijillas. Sabemos que Paul tiene una casita en el bosque, al otro lado de la colina. Como el tiempo no está muy seguro, pensamos hacer allí la comida e incluso organizar una fiesta al final de la cacería —se puso en pie—. En fin, tendremos que hacerlo en pleno campo.

¡La casita! ¿Por qué si dio su palabra la rentó después?

¿Por qué aquel cambio? ¿Respeto al pasado? No, en modo alguno. Paul no era un sentimental.

Curd interrumpió sus pensamientos, diciendo:

—Oye, él está loco por ti. Cuando un hombre ama a una mujer como Paul te ama, nada de cuanto le pida la esposa le sabe negar. Por favor, Katia, pídele tú la llave. Convéncele para que nos permita hacer allí una fiestecita.

Miró al frente. Allí, donde ella tanto había sufrido, donde empezó a conocer las primeras experiencias de mujer, donde se odió a sí misma y odió a Paul Donde se sintió sofocada y vilmente doblegada.

—¿Me oyes, Katia? ¿Se lo vas a decir?

Sí. Se lo pediría. Sabía lo mucho que iba a herirle. Sin duda alguna, él sentía cierto respeto por aquella casa. No deseaba que los profanos mancillaran los recuerdos. Bien, pues ella iba a demostrarle que los recuerdos para ella, con respecto a aquella casita perdida entre árboles, la tenía muy sin cuidado.

—¿Lo harás, Katia?

—Lo intentaré.

—Gracias, ¡oh, gracias! Tenemos verdadera ilusión por celebrar allí una fiesta campestre. Será... maravilloso. Indudablemente, si tú se lo pides, nos dará la llave.

Llegó a comer. Sereno, tranquilo. La miró de refilón.

Ella no pudo evitar que mil recuerdos acudieran a su mente. Se ruborizó y ocultó el brillo de su mirada y el arrebol de sus mejillas.

Él, como si se gozara en su aturdimiento, se echó a reír de aquel modo odioso y exclamó regocijado:

—¿Por qué te ruborizas?

Apretó los labios. Desvió la mirada. Sintió como si mil demonios la encendieran, pero no quiso causarle el placer de su turbación.

—Curd estuvo aquí —dijo, por toda respuesta.

—Le habrás dicho que no.

—Le he dicho que sí.

Paul quedó lívido. Aplastó la mano sobre la mesa.

Sus dedos fueron encogiéndose poco a poco, hasta parecer objetos blancos encorvados en el mantel.

—¿Qué dices? ¿Por qué? ¿Te dijo lo que pretendía?

—Sí —firmemente.

—¿Y tú...?

—Sí.

La mano fue alisándose poco a poco.

—Tú no eres nadie para... —apretó los labios—. ¿Por qué? ¿Es que no te humilla que ellos entren donde tú... donde yo... donde los dos nos conocimos?

—No.

—Mientes.

—No.

—Mientes, maldita sea.

Estaba furioso. Nunca lo había visto así. Parecía pronto a estallar. Las venas de su frente se hincharon. Había una dura crispación en su boca. Las manos se arrastraron por el mantel, hasta dejarlo convertido en una hueca bola. Ella se estremeció. Tuvo miedo. De haber ido demasiado lejos, de haber perturbado un recuerdo que nunca pensó que quedara tan grabado en él.

—Si ellos entran ahí —gritó de pronto, descompuesto—, tú no lo olvidarás nunca, ¿me oyes bien? ¡Nunca!

No se atrevió a responder. Tampoco sabía qué decir.

Él volvió a sentarse. Toda su ira, de súbito, convertida en un desdoblamiento extraño. Tenía las manos extendidas a lo largo de la mesa, y parecía muy débil.

—Comamos —dijo bajo—. Comamos. Diles... que no les daré la llave. Diles... Por favor, no me mires así. Ni soy un monstruo, ni un sentimental. Soy un hombre y respeto los gratos recuerdos de mi vida.

—¡Gratos!

—Para mí, sí. Fue allí donde aprendí a conocer y comprender a una mujer honesta. Puede que te parezca extraño y paradójico. Pues pese a todo lo que tú piensas, fue así. Yo nunca tuve relaciones con mujeres honradas. Para mí la vida era... una juerga. La viví como aprendí a vivir.

—Y allí...

—Allí deseé tener una esposa. Una esposa como tú. Pero tú, por lo visto, no acabas de comprenderlo —súbitamente se levantó y quedó de espaldas a la mesa. Ella parecía clavada en el sitio—. No soy un sádico ni un maldito sexópata. No deseo tan solo tu cuerpo. Ya no. Deseo tu alma. El suspiro tenue de tus labios, la mirada de tus ojos —se volvió de repente hacia ella—. ¿Te das cuenta? ¿No te mofas de mí? ¿No te ríes? El reyezuelo, convertido en un simple ciudadano enamorado. ¿No es ridículo?

—Es... como castigo del cielo.

—Puede que sí. Pero no creas —volvió a ponerse furioso, fuera de sí— que te voy a pordiosear. Eres mía... Seguirás siendo mía. Aunque seas mi muerte, no voy a poder renunciar a ti. Todos los días me digo... «No más. No pordiosees». Y como un débil muchachito sentimental, vuelvo a pedirte besos y vuelvo a tenerte inerte en mis brazos, y vuelvo a sentir ese frío horrible de mi soledad en tu compañía. Si deseabas castigarme... ya me has castigado.

Con fiereza caminó hacia adelante, salió y cerró la puerta con seco golpe.

Katia quedó, una vez más, desconcertada. Debiera sentirse feliz por aquel triunfo, mas, como un autómata, se puso en pie.

Casi sin saber lo que hacía, se dirigió al teléfono.

Marcó el número de su casa.

—Diga.

—Ann, eres tú.

—Katia... querida.

—¿Cómo estás, Ann? Oye, dile a Curd que no. Que no le enviaré la llave.

Colgó. Al dar la vuelta tropezó con la mirada extraña de Paul.

Quedó suspensa, como humillada. Fue a caminar, a pasar a su lado. Súbitamente, Paul la asió por el brazo, la acercó a sí, la tornó en sus brazos y la apretó contra su cuerpo. Sintió todo el calor de sus músculos. Se estremeció.

Hubo como un aleteo. Abatió los párpados. No supo qué le pasaba. Salir de aquel círculo, no lo intentó. Deponer su rigidez, no podía.

Pero sí supo que, por primera vez, sentía algo diferente. Como una fuerte impresión, como un palpitar desconocido.

No hubo frases. Se diría que, para él, aquel su hacer en silencio suponía un desahogo necesario.

Buscó su boca. La besó largamente. Mucho tiempo. Fuerte, fuerte, como si le robara la vida. Ella no cedió nada de su ser, pero cuando las manos de su marido se perdieron ardientes en su cuerpo, tembló como una chiquilla.

—Estás temblando —dijo él roncamente—. Estás temblando.

Se arrancó de sus brazos. Caminó presurosa, como si alguien o algo la persiguiera. No respiraba. Por primera vez aquella sensación de ahogo le llegaba hondo, como si de súbito aquel silencioso arrebato de su marido le agradara.

Y no quería.

Huyó hacia la biblioteca. Cerró por dentro. Quedó jadeante, pegada la espalda a la madera.

Oyó sus pasos. Creyó que iba en su busca. Pero no. Siguió adelante. Los contó con inmovilidad íntima. Uno, dos, tres...

Al anochecer, sin que Paul regresara a casa, vio llegar a Peggy.

Peggy siempre la distraía. Le contaba sus cosas. Las más íntimas. Ella la regañaba. «No debes ser tan comunicativa. Hay cosas... que sólo debe saberlas una.»

Peggy reía. Era sólo una chiquilla apasionada. Deliciosamente apasionada.

«Es que amo tanto a Arthur.»

No hacía falta que lo dijera. Se notaba.

—Katia —llegó gritando aquel atardecer—. ¿Dónde estás?

Un criado debió de indicarle el camino, porque oyó sus pasos en dirección a la biblioteca.

—Katia.

—Pasa, pasa.

«Tengo que serenarme, pensó. No sé por qué estoy tan aturdida. Paul me besa todos los días y a cada instante, pero yo nunca sentí esto... esto. ¿Por qué? ¿Por qué?».

—Katia... qué guapa estás.

Alzó una ceja.

—¿No estoy como siempre?

—No sé. Quizá no. Desde que te has casado, es la primera vez que te veo en pantalones. ¿Le gustan a Paul? A Arthur le encantan. Figúrate que cuando me veo con él y yo visto pantalones, se pone más apasionado...

—Peggy.

—¿Qué pasa? ¿También es indiscreto decir eso?

—Ven, loquilla. Cuéntame, anda. A mí puedes contármelo todo.

Peggy se sentó a su lado y tomó las dos manos de su hermana entre las suyas.

—Estás helada, Katia. ¿Te pasa algo? ¿Has regañado con Paul? ¿No sabes? Todas las chicas te envidian. La que más y la que menos, pensaba pescar a Paul. También a Arthur, pero llegamos tú y yo con nuestro aire de capital...

—¡Qué loquilla eres!

—Soy feliz, ¿sabes? Muy feliz. Arthur me adora. Y yo a él. Es... como un sueño. ¿Sabes que me besa?

—¡Peggy!

—Sí —se ruborizó—. Desde la semana pasada. Empezamos un día de broma, y después... todos los días.

—Peggy, eso no está bien.

—¿No? ¿De qué forma va a demostrar una el cariño que siente por su novio? ¿No te besaba a ti Paul? Di. Pues debe ser un hombre muy ardiente.

—¡Peggy!

—Perdona, ¿no lo es?

Peggy resultaba incorregible. No podía reñir con ella. Era tan ingenua y tan apasionada a la vez. Hablaba como una niña y, sin embargo, hablaba como una mujer.

—¿Qué tal papá?

—Estupendo. ¿No sabes que Curd se decide por Jennifer? Nada, chica, por lo visto vamos uno tras otro. ¡Quién nos lo iba a decir aquella noche que tú decidiste cuidar una enferma, para que papá no se enterara que no teníamos dinero para vivir!

—No recuerdes... aquello.

—No. Oye, he venido por lo de la casita. Curd está disgustadísimo. Todos lo estamos. Teníamos tanta ilusión por celebrar allí la fiesta.

—Hay otros sitios.

—¿Por qué no, Katia? Tanto tú como Paul, dijisteis que sí, y luego... os volvisteis atrás.

—No habrá fiesta en la casita... —dijo, dando a su voz una entonación suavísima, que no molestara a su hermana—. Comprende, Peggy. Además... ¿cuántos sois en total? Más de una docena. La casita es pequeña. No os servirá de gran cosa.

—Aunque insista... no cederás, ¿verdad, Katia?

No. No cedería por nada del mundo. No sabía por qué razón, tan súbitamente, cambió de idea. Aunque reflexionara sobre ello un día entero, estaba segura de que no acertaría a conocer las causas.

Pero, como es natural, no se lo dijo a su hermana.

Minutos después, Peggy se despedía, convencida de que nada podía hacer para disuadir a Katia y a su marido.

Ignoraba que ya estuviera de regreso.

Penetró en el saloncito de la planta baja con la convicción de hallarse sola. Las luces estaban apagadas. Fue al conmutador, y para llegar a él tenía que pasar junto al diván.

Tropezó con algo. Lanzó una exclamación ahogada.

Cuando quiso darse cuenta se sintió apresada suavemente por los hombros.

—¿A... adónde ibas?

Era la voz de Paul. Una voz diferente. Ronca quizá, o ahogada, o sólo suave. Estaba tendido en el diván, y ella, al tropezar, cayó sobre él. Parecía paralizada. Hubo como una vibración entre ambos, como si de súbito algo se transmitiera. Algo que emanaba de muy hondo.

—A... a... —sonaba muy débil aquella voz femenina. Suave, como cohibida, turbada—. A... encender la luz.

—Te... gusta la luz.

—Sí.

—Voy... voy a encender la luz.

Pero no se movió.

Él dio la vuelta en el diván, sin soltarla. Quedaron los dos allí. Segundos o minutos. No se dijeron nada. No hubiesen podido en aquel instante. Por primera vez en su vida, Katia Greenshaw se sentía desarmada, enervada, y a la vez... llena de ternura. Una extraña ternura que la inmovilizó.

Ella abatió los párpados. Algo diferente le ocurría. No podía huir de él. No, no podía. Por primera vez temía quedarse allí, sola, sin él.

—Quiere... —dijo él, roncamente—. Quiéreme un poco.

Parecía imposible que fuera Paul Harris quien pidiera cariño a una pobre muchacha. Aquel Paul Harris que tanto la dañó, que la humilló, que la convirtió en una pobre muchacha débil y menguada.

—No... necesitas mi cariño.

—Como un hambriento. No me sirve ya sólo tomar. Eso no es suficiente para mi ansiedad.

—Por favor...

—No te vayas. Si me dejas ahora... me sentiré más hambriento aún. Estaba aquí, pensaba en ti. Vi tu sombra en la puerta... Tu bendita sombra.

—Tú... no necesitas el amor de una mujer —la temblaba la voz. Afluía a sus labios como un suspiro entrecortado—. No... lo necesitas.

—¿Y esto qué es? ¿Esto que me enciende? Di, ¿qué es esto? —y de pronto, como con incontenible ansiedad—: ¿Cómo eres tú? Di, ¿cómo eres? ¿Te conoce algún

122

hombre, tal como eres? ¿Como yo te conozco? ¿Qué me diste? Nunca me diste nada. Tu desprecio silencioso fue como un trallazo vivo en pleno rostro. Y a medida que pasaba el tiempo... tú no sabes... lo que para mí significaba tener que decir esto.

—Ya sé... que tu orgullo...

La cerró contra sí. La fundió en su cuerpo. Ella sintió como si hubiera luz, y él pudiera ver el rubor de rostro.

No podía continuar allí. Iba a creerle. Iba a ser para él lo que él deseaba que fuera. Y no. Que la tomara a la fuerza. Así... no. No podía, aunque quisiera. Mil evocaciones, mil exigencias, mil humillaciones que parecían arrancarle las entrañas... acudían a su mente, alterándola.

Inesperadamente saltó al suelo. Huyó en la oscuridad.

No la retuvo. Quedó pálido, excitado, solo; allí; con las manos juntas, aplastadas, como si aún tuviera el cuerpo de Katia entre ellas.

Aquella noche, por primera vez desde que se casaron, Paul Harris no perturbó la tranquilidad de su mujer.

Once

Los domingos por la mañana, Arthur, Peggy, Curd y Jennifer invadían el parque y se bañaban en la piscina de los Harris.

Aquella mañana, Paul se hallaba indolentemente tendido en la hamaca, con los párpados entornados, fumando muy despacio un cigarrillo, cuando las dos parejas irrumpieron en torno a él.

Eran las once de la mañana. Katia se hallaba aún en el lecho, preguntándose, todavía asombrada, cuándo Paul necesitó su asentimiento para dormir a su lado. No quiso pensar que su ausencia dejaba un extraño vacío en su ser. No quiso pensar asimismo que, como quiera que fuera, lo necesitaba a su lado.

Se tiró del lecho con cierta febril precipitación. Las voces en el parque la sobresaltaron. «Son los muchachos», pensó. Todos los domingos se bañaba con ellos. Paul nunca estaba en casa a aquella hora. Era el domingo por la mañana, junto a ellos, cuando se olvidaba de todo para sentirse un poco feliz.

Ató la bata sobre el pijama y se acercó a la ventana. Levantó un poco el visillo. Quedó un tanto rígida. Paul estaba allí tendido en una hamaca, en el pequeño trozo de césped, al pie de la piscina.

Peggy y Arthur ya nadaban de un lado a otro. Curd, enfundado en el breve traje de baño, se hallaba en el borde de la piscina, esperando quizá a Jennifer, pues ésta salía en aquel instante de la caseta y corría hacia él.

Los dos se zambulleron a la vez.

Dejó caer el visillo y despacio, como si le pesaran los pies, se dirigió al baño. No bajaría a la piscina. Por nada del mundo se bañaría, estando allí Paul...

Se quitó la bata y el camisón y se metió bajo la ducha. El agua, más bien fría, hacía casi los efectos de un sedante. Permaneció bajo la ducha mucho rato.

«Me siento desconcertada, pensó. ¿Por qué? ¿No odio a mi marido? ¿No bendigo la hora en que se le ocurrió dejarme en paz esta noche?»

Apretó los labios. ¿Qué le ocurría? ¿Por qué aquel desconcierto? ¿Aquella ansiedad extraña?

Sacudió la cabeza. El gorrito de goma despidió gotas de agua que fueron a resbalar por el mosaico de color rosa. Las contempló con hipnotismo, como si fueran algo digno de ver.

Sonrió con tristeza.

—Tengo que vivir al margen de mis pensamientos —dijo en voz alta—. No puedo tampoco interrogarme a mí misma. ¿Para qué? Las conclusiones siempre son peligrosas.

Oyó pasos a lo largo del pasillo. Aquellos pasos eran inconfundibles.

Salió del agua precipitadamente y sobre su cuerpo desnudo puso la bata de felpa. La dobló sobre el pecho. Sin atarla. Sujetándola con las dos manos, se apresuró a salir, con el fin de vestirse rápidamente.

Al aparecer en la alcoba lo vio allí, recostado contra los pies de la cama, con una mano en el bolsillo y otra sujetando el cigarrillo.

—Buenos... días —saludó ella.

—Buenos.

La miraba. Katia sintió la sensación de que le quitaba la bata con los ojos. Un tenue rubor cubrió sus mejillas. Quiso evitar su propia violencia, y sacudió graciosamente el pelo, echándoselo hacia atrás.

No le preguntó por qué no subió a su lado la noche anterior, ni él le explicó las causas de su súbita consideración.

Seguía allí, mirándola. Pero no había en sus ojos aquel cinismo que ella conoció desde un principio. Ni deseo, ni rabia. Eran los ojos castaños de Paul, como dos bombillas impasibles, sólo dando luz.

Firmes los dos, uno frente a otro, se diría que ambos se sentían cohibidos o cortados, sin hallar palabras para desvanecer aquella tensión extraña.

Fue él, con voz cálida, quien preguntó:

—¿No te... bañas?

—No. Hoy... no.

—Ellos dicen que acostumbras a bañarte todos los domingos... con ellos.

Asintió nerviosamente con un breve movimiento de cabeza.

—¿Por qué... hoy no?

Dio la vuelta en redondo. Paul sospechó que iba a vestirse. Fue tras ella a paso lento.

—Katia...

La joven se detuvo en seco, pero no volvió la cabeza.

—No... me has echado de menos.

Estaba loco. ¿Por qué lo decía? No preguntaba, lo afirmaba. Era despertar en ella de nuevo aquella interrogación que la hería.

—¿Verdad que no?

Sus manos ya estaban sobre los hombros húmedos. Quiso apartarse, pensó que iba a hacerlo, pero lo cierto es que no se movió.

Hubo como una agitación en Paul. La apresó contra sí, y así, de espaldas como estaba, le dobló la cabeza hacia atrás.

Un siglo.

Le dolía la nuca. Pero no se movió. No pudo, no quiso o no supo.

—Deja...

Era como un gemido su voz. ¿Qué le pasaba?

Ella nunca creyó que Paul pudiera ser un hombre cautivador, irresistible, apasionado cuando quería, sensible cuando ella lo necesitaba.

—Katia, te quiero y tú lo sabes. Si algún daño te hice... perdóname.

Así era peor aún.

Apretó los labios, quiso alejarse de él. Hizo el movimiento, pero Paul la retuvo contra sí. Le dio la vuelta en sus brazos.

—Ayer... dormí abajo, donde tú me dejaste. Cerré los ojos y soñé... que tú estabas a mi lado y me acariciabas el rostro y me dabas besos...

—Cállate.

Era como una súplica.

Él la tenía sujeta por los hombros. La mantenía apartada de sí. La miraba a los ojos largamente, muy largamente.

—Y al despertar y comprobar que no era cierto... tuve miedo de tu frigidez, y por eso me quedé allí. No puedo... soportar tu frigidez.

Otra vez apretó los labios. No podía hablar. No quería.

Tenía miedo de perdonar en aquel mismo instante, y él no lo merecía. Había sido demasiado cruel. Despiadado para considerarla. Sólo ahora, porque necesitaba su amor, porque ya no le bastaba su cuerpo, deponía su egoísmo.

Intentó alejarse. Paul la retuvo de nuevo. Sus dedos se deslizaron bajo la bata.

—No —susurró ella bajísimo—. No.

Y sus brazos apretaron la bata cruzada sobre el pecho.

Hubo en Paul como una gran ternura al apretar los dedos y enmarcar el rostro aún húmedo.

—¿Quieres... que hagamos un viaje? Hasta el fin del mundo si lo deseas. Donde tú digas. Ya ves, Katia, en qué quedó... todo mi orgullo.

Prefería verlo exigente, pendenciero. Ella se conocía. Sabía que si Paul mantenía aquella actitud dos días más, caería en sus brazos como una débil mujer, porque... porque...

No. No quiso confesárselo ni a sí misma. No podía admitir que ella amara a su verdugo. No podía olvidar las tardes de la casita, las iras, las rabias, las penas hondas que pasó por su culpa.

Creyó que se apartaba de él, al menos su subsconsciente lo creyó así, pero lo cierto es que continuó a su lado sin moverse, como paralizada.

Ni siquiera se dio cuenta de que él le quitaba la bata, de que ésta caía a sus pies, de que Paul la tomaba en sus brazos y como un loco desquiciado empezaba a besarla.

Eran besos que lastimaban y a la vez... no ofendían. No. Por primera vez, Paul no la ofendía con su amor.

Suspiró. Una extraña turbación la invadió.

—¡Eh, Katia, Paul! —gritaban los que se zambullían en la piscina—. Paul, Katia, ¿dónde os habéis metido?

Silencio.

Las cortinas de muselina se movían. Los ventanales estaban abiertos. Hacía calor allí.

—Katia, Paul... ¿no bajáis?

—Déjalos ya —rió Peggy—. Si no bajan que se queden.

—Katia se baña siempre con nosotros —insistió Jennifer.

—Hoy no lo hace, por lo visto.

—Quiero decirle que Curd y yo...

Arthur y Peggy se echaron a reír.

—Ya se lo dirás, mujer. Tienes tiempo. Además... no es preciso que lo digas, se adivina. Ya lo saben siete de cada casa en Watertown.

La cortina seguía moviéndose.

La bata de felpa estaba allí, en el suelo, en medio de la estancia, algo mojada aún.

—Sir Greenshaw —anunció la doncella.

Katia, que se hallaba en el living, hundida en una butaca, absorta, como lejos de sí misma, se puso en pie rápidamente.

No esperó que su padre llegara. Le salió al encuentro. Corrió hacia él y lo besó una y otra vez, como si de pronto su sensibilidad saltara a flor de piel y necesitara la ternura de alguien.

—Papá.

—Hola, hijita —la abrazó—. Estás... estás temblando. Sí. Temblaba por todo. Desde aquella mañana, todo la estremecía y afectaba.

—Hace muchos días que no te veo, papá. La emoción. Sí, seguro.

—Qué sensible eres, criatura.

—Pasa, papá.

—¿Estás sola?

—Sí...

—¿Y Paul?

—Ha salido... Se fue esta mañana a las doce. Y no ha vuelto aún.

El caballero consultó su reloj.

—Caramba, son las cuatro de la tarde.

Sí, ella ya lo sabía. Había mirado el reloj tantas veces, que conocía de memoria hasta la forma de correr el minutero.

—¿Y adónde va Paul un día de domingo? —la miró escrutador—. ¿Habéis regañado?

¿Regañado? ¡Oh, no, claro! Habían estado allí... juntos en la alcoba. ¿Cuánto tiempo? Nunca podría decirlo. La súplica de Paul, su voz ansiosa pidiendo su ternura, su amor, su pasión. No le dio nada. Se dejó manejar. Era muy distinto dar a admitir.

Debió ser eso. ¿Qué esperaba Paul? ¿Acaso esperaba de ella un amor exaltado? No podría dárselo. Los recuerdos ingratos hacían daño. Mucho daño. Paul no podría comprender eso jamás.

Cuando le vio salir quedó lívida. ¿Por qué? Él estaba pálido también, rígido, caminando como un autómata. Ella supo que no volvería en todo el día.

Lo sintió. Sí. No quería sentirlo y lo sintió. Estuvo a punto de correr tras él, de decirle... «Te amo, pero... me has dañado. No puedo olvidar así... de repente, pero... te amo. Para maldición mía te amo, y me cuesta más trabajo permanecer al margen de tu pasión, que darte cuanto yo siento y doblego».

«Pero no. Sería... demasiado fácil para Paul la victoria.»

—¿En qué piensas, Katia?

—No... pensaba, papá.

—¿Estás segura?

Esbozó una sonrisa forzada, que pretendía ser natural.

—Sí, claro. ¿Qué tal estás tú? ¿Has realizado la venta de nuestra mansión de Nueva York?

—Creí que te lo había dicho. No... No sé si te parecerá bien mi decisión.

—No sé a qué te refieres.

—Se la he vendido a tu marido.

Katia se puso en pie como impelida por un resorte, para caer de nuevo incrustada en el sillón.

—¿Por... qué, papá?

El caballero se alzó de hombros.

—Debió enterarse de que la tenía en venta. Yo no supe que el comprador era tu marido, hasta que se firmó la escritura. Fue todo muy sorprendente. El agente encargado de vender, me visitó la semana pasada. Me dijo: «Ya tengo comprador. Dan por su mansión la cantidad que usted pide». ¿Qué querías que hiciera? Necesitaba ese dinero. No sólo por mí, pues yo ya no cuento en esa cuestión, sino por vosotros.

—Papá... tú siempre estuviste muy pegado a los prejuicios.

—Hay cosas, querida mía, que no deben imperar en uno toda la vida cuando son equivocadas. Si toda mi vida me hubiera dedicado a algo, no a soñar y a vivir a costa de mi nombre, todo hubiera sido muy distinto. Tú has sufrido. Peggy y Curd han sufrido también, e incluso Ann. Todo porque yo vivía con varios años de retraso.

—Olvida eso, papá. Dime cómo te enteraste...

—Fui a Nueva York hace seis días. Me entrevisté con los abogados del comprador. Y allí me encontré con tu marido. Los dos nos echamos a reír. Estoy seguro que tu marido no sabía que el dueño de la antigua mansión era yo.

¡Oh, no! Claro que lo sabía. ¿Por qué lo hacía? ¿Por qué deseaba Paul una casa antigua, con un escudo en la puerta?

Él era coleccionista de cosas modernas. No de antiguallas. ¿Por ella?

—Katia... —preguntó bajo—. ¿Te molesta?

—Me asombra. Nada... me dijo.

—Querrá darte una sorpresa.

—Sí... Quizá...

El caballero consultó el reloj.

—Tengo que dejarte. Estoy citado con el general Rich en el círculo. Vamos a jugar la partida. Ah, Katia, a propósito del dinero. Tienes en el banco la cantidad que te corresponde, a tu nombre. Otra para Peggy y otra para Curd. Los tres os casáis ricos. Tú ya lo hiciste. Peggy lo hace el próximo mes. Curd tan pronto termine la carrera. No quiero que, pese a la riqueza de vuestros cónyuges, vosotros carezcáis de capital propio. Siempre es mejor así.

—No me digas —susurró, emocionada— que te has desprendido de tu mansión sin dolor.

—Es tuya, Katia —sonrió tibiamente—. La adquirió tu esposo. El hecho de que quede en la familia me ilusiona y rebaja mi dolor en un cien por cien.

Le besó una y otra vez. Al fin se fue. Le siguió con los ojos hasta que su padre desapareció tras la ancha y alta verja.

Entonces se encontró consigo misma. No podía haber subterfugios ni engaños. Estaba sola con su verdad, y ahondó en ella con valentía.

Amaba a Paul. Eso... era evidente. Su ausencia de horas le estaba costando una silenciosa agonía. La situación se hacia insostenible, y de la forma que fuera, tenía que darle fin.

¿Qué hacer para conseguirlo? ¿Decirte que le amaba?

Costaba. Era... darlo todo, y Paul no lo merecía. A la sazón lo merecía sin duda, pero no se podían olvidar horas de angustia, de humillación, de rabia, en un sólo instante.

El ancho reloj del vestíbulo dio las siete.

Se puso en pie. Nerviosa, recorrió el *living* de parte a parte.

Se detuvo junto a la ventana. Levantó el visillo, volvió a dejarlo caer. Y se quedó allí plantada, como una estatua, con la mente vacía y la vista fija en un punto inexistente.

Las horas siguieron corriendo.

¿Dónde se metió Paul? ¿Dónde podía estar tantas horas? Las últimas pasadas a su lado, eran... como una turbación extraña que la estremecía de pies a cabeza. Apretó los labios. ¿Acaso Paul se hallaba con otra mujer?

El hecho de imaginarlo con otra la desquició.

Volvió a pasear el *living*, como si alguien la persiguiera.

De pronto oyó sus pasos. Se detuvo en seco.

Vestía un modelo sencillo de hilo azul celeste. Sin mangas, muy pronunciado el escote, recto, perfilando las bellas sinuosidades de su cuerpo. Calzaba altos zapatos. Peinaba el cabello hacia un lado, formando una raya sin horquillas, cayéndole un poco por la mejilla, haciendo más hondo el verde mirar de sus hermosos ojos. Vio que la puerta cedía y, enseguida, la figura de Paul. Vestía pantalón de montar; altas polainas manchadas de barro. Aún llevaba la fusta en la mano y la agitaba rítmicamente.

—Hola.

—Hola —replicó ella bajo.

—Voy... a Nueva York. Ahora, en seguida. Quiero llegar para dormir allí.

¿Por qué? ¿Por qué se iba? ¿Con otra mujer?

Las preguntas que hubieran salido a borbotones, se apretaron en el umbral de los labios. Se cerraron allí con fiereza.

De preguntar, sería poner su ansiedad al descubierto, y no quería.

—¿Solo?

Esa pregunta no pudo evitarla.

—Sí. A menos que... tú desees venir conmigo.

Se estremeció. Con él a Nueva York. Sí, sí. Quería. Todo aquello hubiera sido desconocido. Todo distinto.

—¿Lo deseas?

Era una pregunta directa. Tenía que responder del mismo modo.

—Bueno.

—¿Sin gusto?

Ya lo tenía a su lado. Todo lo vivido con él horas antes, surgió. Un tenue arrebol cubrió sus mejillas. Paul sonrió tibiamente.

—Te... ruborizas.

—¡Oh, calla!

—No es fácil que hoy en día se ruborice una mujer.

Le dio la espalda. Paul dio la vuelta en torno a ella. Tiró la fusta sobre una butaca.

—Ve a hacer las maletas, Katia —dijo, quedamente, sin tocarla—. Ve...

Como un autómata se dirigió a la puerta.

—Estaremos allí dos días.

No respondió. Necesitaba ir con él. Sí, sí, necesitaba alejarse de todo aquello, vivir bajo otro marco. Pensar que... acababa de casarse con él. Que lo amaba e iba a vivir a su lado su verdadera luna de miel.

—Yo voy a preparar el auto.

Una hora después, los dos, en silencio, subían al lujoso Jaguar.

El auto se internó por la carretera que partía el bosque.

La casita estaba allí, a dos pasos. Tenían que pasar junto a ella, por la parte de atrás...

—Hay luz... en la casita —dijo bajísimo—. ¿Es que les has dejado la llave?

—Yo estuve ahí... toda la tarde.

—¿Tú?

—Sí.

—¿Solo?

—No.

Se estremeció. Tensó el busto.

—¿Con... una mujer?

—Con el recuerdo... de una mujer. ¿Quieres... bajar?

135

—¿Por qué aquel impulso repentino? ¿Por qué aquella necesidad de ver su cárcel? ¿Por qué?

Paul aminoró la marcha. Estaban justamente a su altura. La miró.

Ella, ahogadamente, pidió:

—No me mires así.

—Te pregunto, ¿quieres bajar?

—Sí.

Aquel sí fue pronunciado como un suspiro entrecortado.

Doce

Paul vestía de gris. Arrogante, diferente. Ya no había cinismo en sus ojos ni ironía en sus labios. Ahora ella sabía que era el hombre que todos creían en él.

Extrajo la llave del bolsillo y abrió de par en par.

—Pasa.

Su voz resultaba un tanto ronca. Como si la emoción le embargara a él... que jamás fue un sensiblero.

Ella titubeó, pero al fin dio un paso al frente. Transpuso el umbral. Una tenue luz, partiendo de un rincón, daba al conjunto cierto misterio exótico. Todo seguía igual. El canapé, las alfombras, los cojines, el bar al fondo, el diván, los sillones. Y las paredes rústicas, sólo encaladas.

Plantada junto a la puerta, miró al frente con hipnotismo. Cosa extraña, ya no le producía rencor aquella casita perdida en el bosque.

Con una suavidad insegura, sutil, temblorosa incluso, él la sujetó por los hombros y la empujó. Suave, emocionado como ella.

Katia se dejó empujar.

Él cerró la puerta.

La joven avanzó sola, por todas partes, palpando cada objeto, contemplando como absorta todo cuanto la rodeaba. Paul seguía junto a la puerta cerrada, mirándola a ella. Katia se volvió despacio. Fijó sus ojos en la mirada color castaño. Hubo como una mueca en sus labios, algo que parecía una tenue sonrisa tímida.

Él correspondió a aquella sonrisa. Se diría que esperaba que ella dijera algo o hiciera algo, para correr a su lado, postrarse de rodillas, asir sus manos y besarla con unción. Pero ni uno ni otro dijo nada ni hizo nada. Parecían los dos como cortados, cohibidos por primera vez ante un pasado que no resultaba amargo.

Fue Katia, más débil quizá, quien se dejó caer en el borde del canapé. Lanzó un suspiro y dijo, bajísimo:

—¡Dios mío, no sé qué me pasa! ¡No sé, Dios mío!

Paul fue hacia ella en aquel instante. Se sentó a su lado. Se miraron como si se vieran por primera vez.

—Vamos... vamos hacia Nueva York —susurró ella, aturdida.

—Sí.

Pero ni uno ni otro se movieron.

—Dijiste que... llegaríamos a media noche.

—Sí.

—Debemos marchar.

Pero seguían allí.

Él le puso la mano en el hombro. Aquella mano fue resbalando, se perdió entre el abrigo y el vestido.

—¿No... no tienes calor?

Katia se agitó. Lo tenía. Y a la vez temblaba de frío. ¿Hacía frío allí? La mano de Paul, suave, muy suave, se deslizaba por su cuerpo. La sentía arder en su piel.

—Paul...

No respondió. No le preguntó qué deseaba. Lo sabía.

Le quitó el abrigo sin que ella dijera nada. Parecía una momia junto a él. Pero una momia palpitante. De súbito la empujó suavemente y ella cayó hacia atrás. Quedó con los ojos muy abiertos, fijos en él. Nunca le pareció tan criatura como en aquel instante.

—Katia... te amo tanto.

—Y yo... yo no sé lo que me pasa... Aquí... creí sentir rencor. No... —sacudió ingenuamente la cabeza—. No lo siento. No... Parece que es... la primera vez que vengo aquí contigo. Sí, es extraño.

—Katia —vibraba su voz—. Katia, amor mío... Yo...

Se asombraron de que fuera tan fácil caer uno en brazos de otro. Sí, muy fácil. Ella levantó los brazos. Por primera vez iba a rodear con ellos el cuello de su marido. Lo hizo. Con intensidad. Temblando. Como si de pronto descubriera que no podía vivir sin hacer aquello.

Él la besó en la boca. No era una boca rígida, apretada como antes. Eran unos labios cálidos, que lo recibían abiertos, entregados.

—¡Cielos! —gritó él—. ¡Cielos...!

Y perdió un poco el sentido. Y ella también...

La luz seguía parpadeando allí, en el rincón. Fuera quedaba el auto, esperando. Y ellos se olvidaron de todo. La chaqueta de Paul colgaba de una silla. El vestido de hilo color azul estaba en el suelo. Por la ventana de la casita entraba un rayo de luna. Azulado, tenue, que iba a dar en la pared y dibujaba aretes plomizos en el desigual del tabique.

Amanecía. El hombre reía ya. Con aquella risa íntima un poco odiosa que ella censuraba. Pero en aquel instante no se la censuraba. No podía.

Reía como él, acurrucada allí, en sus brazos. Y con el dedo finísimo, perfumado, iba demarcando el rostro rasurado. Los ojos color castaño, la barbilla, la nariz.

—No eres guapo, Paul —dijo bajísimo.

—Pero te gusto.

—Sí, mucho. No sé por qué de pronto... siento esto. Es como una plenitud. Como si empezara a vivir a tu lado en este instante.

—Querida.

—Como si no existiera el pasado. Sólo el futuro. ¿Y, sabes? Tengo... tengo que decirte algo.

Parecía una criatura tímida. Ingenua, llena de candor. Nunca pudo envilecerla. Por eso empezó a amarla y a deponer él aquella doble personalidad que le entusiasmaba y que de pronto le aburrió.

—¿Algo? ¿Qué es ello?

Esperaba, sobre sus labios, que ella lo dijera. No la oyó. Lo dijo dentro de su boca. La apartó un poco. La miró largamente, a los ojos. Katia estaba ruborizada. Le temblaban un poquitín los labios.

—Di...

—Voy... voy...

—No me digas que vas a tener...

—Sí.

—¡Cielos! ¡Santo Dios, Katia! —la estrechaba en sus brazos—. ¿Cuándo? ¿Por qué te lo has callado? ¿Lo sabe alguien? ¿Se lo has participado a tu padre, a tus hermanos?

—Calla, loco.

—Di, di, ¿se lo has dicho a alguien? ¿Soy el primero en saberlo?

Parecía un loco apasionado, apretándola contra sí, apartándola, mirándola...

De pronto la incorporó, la dobló en su pecho. Ella, con la cabeza un poco caída hacia atrás, empezó a reír. Tenía unos dientes nítidos, un paladar rojo...

—Katia...

—Eres... el primero en saberlo. El único que tiene que saberlo en realidad, casi a la vez que yo.

Y como él se quedaba embobado mirándola, Katia susurró:

—¿Qué te pasa?

—Toda la vida de rodillas ante ti, no pagaría el bien que me haces, ni redimiría el daño que yo te hice a ti.

—No lo recuerdes.

—Dilo otra vez.

No lo dijo. No pudo. Paul la perdía en su cuerpo. Buscaba en su boca el sabor de su ternura y su pasión.

El auto seguía fuera, allí, en el borde de la carretera.

El grupo de cazadores, entre los que iban Curd y Peggy con sus novios y sus amigos, se detuvo en seco al ver el lujoso Jaguar de Paul detenido en la cuneta.

—¿Habéis visto? ¿Qué significa esto?

Curd se acercó y husmeó divertido, en torno al auto.

—¡Diantre! —rió—. Pero si está mojado de rocío. ¿Es que estos dos durmieron aquí?

—Vamos a gastarles una broma —gritó Peggy.

Todos se lanzaron a la puerta. Trataron de empujarla, pero estaba cerrada por dentro.

—¡Eh, vosotros! —chilló Arthur—. ¿No nos prestáis la casa y os pasáis vosotros la noche en ella? ¿Era por eso?

Se oyó ruido en el interior y, tras unos segundos de espera, apareció Paul en el umbral, poniéndose la chaqueta.

El grupo de cazadores soltó la carcajada.

—Os dejamos la casa —gritó Paul furioso—. Ahí os queda —se volvió hacia el interior—. ¿No es eso, Katia? ¿Les dejamos a estos pelmazos nuestro refugio?

La bonitísima Katia, un poco pálida, sin pintura en el rostro, vistiendo un lindo vestido azul celeste, de hilo, sin mangas y muy ceñido, se situó en la puerta junto a su marido. Asió el brazo de éste y se oprimió contra él.

—De acuerdo —dijo, tan enojada como su esposo—. Aquí os queda. Nosotros nos marchamos ahora mismo.

—¿Habéis venido a celebrar algo? —preguntó Curd burlonamente.

—Idos al diablo —rezongó Paul.

Y asiendo a su mujer por los hombros, tiró de ella suavemente y pasaron ambos ante el cordón que formaban los catorce cazadores.

—¿Adónde vais? —preguntó Peggy.

—A Nueva York. Vamos a emprender un largo viaje. Díselo a papá.

—¡Mira qué fresca! ¿Qué vais a celebrar?

Paul y Katia no respondieron. Se miraron. Y en aquella mirada iba todo un mundo de nuevas ilusiones.

Subieron al auto a la vez, uno por cada portezuela. Paul lo puso en marcha y pasó junto a los atónitos cazadores.

—Cuidadito con sacar las cosas de su sitio, ¿eh? —gritó—. Y que no se os antoje más la casita, porque nunca más os dejaremos la llave. ¡Antojadizos, ya veis!

El grupo quedó riendo.

El Jaguar se perdía carretera polvorienta abajo.

—Paul.

—Sí, dime, mi vida.

Asió con sus dos finas y trémulas manos el brazo de su marido. Apoyó la cabeza en su hombro, e incorporándose un poco, posó sus labios en la mejilla masculina.

—¡Quién iba a decirme que tú eras así!

—Paul... quiero pasar en esa casita una noche de cada mes. Y serán las noches más maravillosas de mi vida.

El auto se detuvo en aquel instante en plena carretera.

—¿Qué haces?

—Quiero besarte. Otra vez. Hasta perder el sentido, Katia Greenshaw.

Y la besó.

El auto estuvo allí detenido mucho tiempo.